異世界から来た魔族、拾いました。
うっかりもらった莫大な魔力で、
ダンジョンのある暮らしを満喫します。
Saida
ILLUST. KeG

ヴァン
気高き獣の魔族にして、リュイアのお目付け役。マナが足りない地上では、大型犬ほどの大きさになってしまう。
リュイア
異世界から来た魔族の少女。一人前の魔族になることを目指して奮闘中。好物は鮭おにぎり。

藤堂圭太
リュイアとヴァンから、大量の魔力をうっかり渡されてしまい、一緒にダンジョン探索をすることに。
宮陽美都
地上ではごく普通の大学生だが、ダンジョン街では「氷姫」と呼ばれ、一目置かれている。

「熱くない？」
「平気だ。火には強いからな」

Saida
ILLUST. KeG
異世界から来た魔族、拾いました。
うっかりもらった莫大な魔力で、
ダンジョンのある暮らしを満喫します。

CONTENTS

I PICKED UP MAGICAL BEINGS FROM ANOTHER WORLD.

プロローグ　魔族たちの住む異世界　クラドワット

「本当に行ってしまうんじゃな、二人とも」

老魔族シバが呟《つぶや》いた。

彼の孫娘と、白いもふもふした毛に覆われた獣は、顔を見合わせた。

「じぃじ、泣いてるの？」

五歳の孫娘、リュイアが尋ねた。

「そうじゃな」

「どうして？」

老魔族は、しょんぼりとした顔で答えた。

「とんでもなく寂しいからじゃな……」

少女は首を傾《かし》げた。

「でも、リュイアが一人前の魔族になったら、こっちの世界に戻れるんでしょう？」

リュイアは、花が咲いたように笑った。

「じゃあ、大丈夫だよ。だってリュイア、すぐに一人前の魔族になるから！」

「……そうか。それなら心配はいらぬな」

老魔族はリュイアの頭を撫《な》でた。老魔族と同じように、二つの角が生えている頭を愛《いと》おしそうに。

「リュイアや。向こうの世界を、目いっぱい楽しんできなさい」

リュイアは、元気よく頷《うなず》いた。

「うん！」

老魔族は微笑《ほほえ》み、白き獣の方に目を移した。

「ヴァンよ」と老魔族は言う。

「この子のこと、頼んだぞ」

「任せてくれ、シバ」

白き獣は力強く答える。

「うむ」

それからまた、シバは愛する孫娘の前に膝を折った。

「リュイア。向こうの世界に行ったら、まず何をするか覚えておるかの？」

「向こうに住んでいる人で、リュイアたちと契約してくれる人を探します！」

リュイアが、元気よく答える。

「そうじゃ。それから？」

「その人にリュイアとヴァンの魔力をちょっとずつ渡します！」

「よろしい。リュイアとヴァンにかけられている契約の魔法が発動するのは一度きりじゃ。なかなか契約してくれるもんが見つからんかもしれんが……諦めず、探すんじゃぞ」

「あい！」

老魔族が、優しい笑みを浮かべ孫娘を撫でる。

それからゆっくりと立ち上がった。

「引き留めてすまなかったのう。さぁ行きなさい、二人とも」

老魔族が、光を放っている転移の魔法陣を指差す。

その魔法陣に近づくと、リュイアとヴァンは振り返り、叫んだ。

「じぃじ、行ってきます！」

「達者でな、シバ！」

「無事に帰ってくるのじゃぞ、二人とも‼」

別の世界へと転移する魔法陣――そこから放たれる光が、少女と白き獣とを柔らかく包み込んだ。

第一章　普通の幸せ

俺が子供の頃に思い描いていた、普通の人生。

大学を卒業して、地元のそこそこの企業に就職し、二十四、五になったら仕事関係で出会った女性と結婚。

自分の給料で妻を養いながら、二十六、七で最初の子供、三十になるまでに二人目を授かって、家族は四人になる。

会社じゃ年相応に出世して、四十手前で戸建てのマイホーム。

少ない小遣いをやりくりして出るたまの飲み会では、「ローンが」「子供の学費が」なんて後輩にこぼしながら、それでも一家の大黒柱として、子供を大学までやり、夫婦の老後資金を貯《た》めて、なんとか定年まで仕事をやり切る。

ちょっとベタかもしれないし、今は色んな生き方や選択肢があるから、当時の俺の考え方は当てはまらないのかもしれない。

でも少なくとも「普通の家庭」というものは、自分が望みさえすれば、普通に手に入れられるものだと思っていた。

でも現実の俺は、全くそんなことはなく。

藤堂圭太《とうどうけいた》、二十七歳、恋人なし、無職。

うむ、なかなかに世知辛い。

いや、もちろんわかってはいる。

本当に望むのであれば、今からでも、それなりの行動をとればいいじゃないかという話だ。

マッチングアプリを使ってみるなり、婚活をするなりして、相手を見つける。

いやその前に、仕事を見つける方が先だな。

見知らぬ女性の前に躍り出て、「無職ですが、幸せな家庭を築きたいです。よろしくお願いします」は、かなりハードルが高い。

が……仕事、か。

つい一週間ほど前に辞めてしまった会社のことを思い出す。

大学を卒業して、新卒で入った会社のことだ。

「どんなに辛《つら》いことがあっても、経験だと思って、三年は辞めずに頑張ろう」

そう自分に言い聞かせて、入社時から、自分なりに真剣に、仕事に向き合ってきた……つもりだった。

取引先を回り、何とか新商品の話を聞いてもらえるよう、笑顔を見せて、頭も下げて。

上司には可能な限り「できます」「やります」と答え、同僚や後輩の愚痴を聞き、あまり得意でないながらも、コミュニケーションをとろうと意識した。

そうして自分で決めた三年、さらにそこから二年、耐えてみたが——特に何かが変わったとか、得られたとかいう実感はまるでなく。

ただただ毎日、仕事のことだけを考えて過ぎていった日々だった。

休みの日にも、どこかに出かけようとか、何かをしようという気力は全く湧かず。取引先からの電話やメールに対応しながら、合間に眠っているだけで休日はあっという間に消費されて。

何を思ったか、自分の寝言を録音したことがあり、その寝言を再生したことで、自分が夢の中でも新商品のプレゼンをしているのだとわかったときには、さすがに笑ってしまったけれど。

でもそれくらい、毎日、仕事のことしか考えられなかった。

始業時間の約一時間前に出社し、定時に仕事を終えられたことなんて、五年間で一度もなく。

たしかに、古い体質の中小企業だったかもしれない。

それでも周りには、恋人や家族との時間を作っている人がいたし、やはりそこは、俺の時間の使い方なり、行動力が足りないわけで……とか考えてもみたけど。

あれが普通の社会人の生き方なんだとしたら——あまりにも普通のハードルが高すぎる。

あの労働環境の中で、見知らぬ異性と知り合い、仲を深め、結婚までこぎつける。

手取りは安いし、毎日仕事に追われているし、休日はただただ死んだように眠っているし。

その中で、「普通の家庭」を築く……？

全くリアリティが感じられない。

そこでどうやら自分は間違っていたのだと気が付かされる。

他の人にとっては、どうかはわからない。

でも少なくとも今の俺にとっては、俺が子供の頃に漠然と思い描いていた「普通の幸せ」というものは。

「普通」なんかではなく、手の届かない「理想の人生」だったということ。

そんなことを考えながら――俺は自分で作った料理を、自分一人で食べている。

仕事を辞めてから、特別な何かをする気にはなれなかったが、でもお腹《なか》は減るし、時間だけは腐るほどあるから、自炊を始めた。

料理をするのは、好きというわけでも、得意というわけでもなかった。だが、大学時代にはやっていたから、苦ではなかった。

自分で米を炊き、周りのおかずを適当に用意するだけで、「こんなことをするゆとりがあるんだな」と思えた。

会社勤めをしていた頃は毎日コンビニ弁当で、休日でさえ、自炊する余裕はなかったから。

自分が食べるために作った料理を、一人テーブルの上に並べ、食べる。

時間に追われながら、コンビニ弁当をかきこむよりは断然ましだ。

でも目の前の料理が美味《おい》しいかと言われれば――美味しくはない。かといって、不味《まず》くもない。

ただの食事。それを黙って食べるだけ。

意識は目の前の料理を離れ、考え事へと向かう。

これからどうやって生きていこう。

とりあえず、再就職しなくちゃな、とは思う。

でもそうなったとしたら、何が起こるのだろう。

ただ仕事のことだけを考える日々が、また始まるとして。

その先は。

俺はこれから、何のために生きていけばよいのだろう？

◆◆◆

夕暮れ時のことだった。

自宅から徒歩で三分ほどのコンビニへ、酒を買うために向かっていたところ、薄暗い道端に小さな人影を見つけた。

迷子だろうか？

そう思いつつ、いきなり声をかけることは躊躇《ためら》われた。

周りに親御さんがいるのかもしれないし、こちらが不審者に思われたり、変なトラブルに巻き込まれたりするのはまずい。

でも本当に困っているのだとしたら、放っておくことはできないし……と目をやると、幾つもの奇妙なことに気が付いた。

そこにいたのは、五、六歳ほどに見える少女と、彼女が連れているらしき白い犬のような生き物。

まず違和感を覚えたのは、彼女の服と顔立ち。どこか、異国の地からやってきたかのような変わったドレスに身を包んでいる。整ったフランス人形のような顔立ちも、日本ではない国や文化の中で育ったかのように見えた。また、肩からさげているポシェットは、奇妙なモンスターを模したものだった。

そして彼女が連れている生き物。白い、もふもふとした毛。大きさと、四つ足の姿からしてたぶん……犬？

あまり見たことのない姿をしている気もするが、犬以外の動物がこのように街を歩いていることは考え難《にく》いし、俺が知らないだけで、珍しい品種なのだろう。

この辺りまでは、まぁぎりぎり、「ちょっと変わった二人組だな」くらいで済む。もしかしたらどこか遠くの国から旅行に来たものの、ちょっとした隙に親とはぐれてしまったのかもしれない。

ここは田舎の地方都市。地元の人間である俺からすると大して目玉となるような観光地はなさそうだが、文化財的なものは幾つかあるかもしれない。

だが決定的に奇妙だったのは——

「透けてる……？」

彼らの姿の、向こう側の景色が見えたこと。つまり、俺たちが一般的にイメージするところの「幽霊」に見えたことである。

そして、思わず凝視してしまった俺の視線に気が付くと。

「げっ……」

彼らは勢いよく、俺に近寄ってきた。

そして少女は、俺に向かって言った。

「××××」

「え……」

何と言っているのか、さっぱりわからない。

この幽霊の言葉……日本語じゃない？

というか、幽霊に国籍とかあるのか。

意識を音に集中し、耳を傾けてみるが、

「××××××」

やはり聞き取ることはできない。

日本語ではないとして、英語……でもない気がするけど。

どこの国の言葉だろう。

すると、白いもふもふした犬が吠《ほ》える。

それを受けて少女が犬に話しかけ始めた。

うーん、不思議な二人組だ……。

いやいや、待て待て。

俺はそこで、半透明の彼らから視線を外した。

おい、圭太。どうしたんだ。

なに当たり前のように、幽霊の存在を認めちゃってるんだ。

俺、今まで霊感があるような経験したことないじゃないか。

心霊現象とかオカルトとか、「あったら面白いかもね～」とは思いつつ、あんまり信じてなかったじゃないか。

でも……。

俺はまた、犬と少女に視線を戻す。

目の前の少女がまばたきし、長いまつ毛がぱちぱちと揺れる。

「あそこの影に、いま白装束の女らしきものが！」とか、そんなレベルじゃない。

がっつり、目の前にいるんだよなぁ……。

よし。

俺は覚悟を決め、まずは白い犬に手を伸ばす。

そう、俺は疲れているんだ。半透明に見えるような感じがするのは、たぶん目の錯覚みたいなもので、だから少女と犬は、たしかにこの場所にいるんだ――

「あ、あぁ……」

言葉にならなかった。

今度は、少女の肩に手を置いてみる。

「あぁ……」

こちらも完全にアウトだ。

犬も、少女も。

触れようと伸ばした俺の手は、彼らの体を見事にすり抜けてしまった。

「まじかよ……」

本当に幽霊なのかよ。

そして俺、見えんのかよ……。

【幽霊に出くわしたら目を合わせてはいけない。こちらが見えているということに、気付かれてはならない。】

そんな話を聞いたこともある。

だが完全に、ばっちり目が合ってしまった。そして相手に、こちらが認識していることもばれてしまっている。

今更感はあるが……と思いつつ、触らぬ神に祟《たた》りなしと考え、何事もなかったかのように背を向けて、その場を離れてみる。

が、しばらくして振り返ってみると。

「君たち、地縛霊とかではないんだね……」

一人と一頭は、当たり前のように俺の後についてきていた。

俺が言うと、少女は首を傾げる。そして「××××××」と言ってくるが、何を言っているかはさっぱりわからない。

たぶん、こちらの言っていることも伝わってはいない。

「まじで、どうしよう」

このまま歩き続けると、自宅に着いてしまう。

この様子だと、一人と一頭は家の中にまでついてきそうだ。

見た目が恐ろしいわけではないし、害がありそうな幽霊には見えないけど。しかし家までついてこられて、うちに留まるようになってしまったら――

どうなるんだ？

……わからない。

生まれてこの方、幽霊など見たことないし、霊感も占いも、「本当かもしれないし、嘘《うそ》かもしれない。はっきりとした経験がないから、自分にはわかりません」という立場だったのだ。

こういう場合、どうすればいいんだ。このまま家にあげて居着かれてしまった場合、ポルターガイスト的なことが起きて、皿が割れたり、電気がチカチカしたりするのか。

それとも俺の身に、不幸なことが起こったりするのか。現状、これといった人付き合いはなし、失業中という状態ではあるが、これ以上の不幸……といえば、事件・事故に巻き込まれたり？

さすがにそれは考えたくもない。

お祓《はら》いとか成仏とか、うまくおさまるような方法はないだろうか。

すると少女が口を開いた。

「××××××××××」


もちろん何を言っているのかはわからない。でも俺の顔を見て、悲しげな顔をしている。

それから少女は、犬の方に話しかける。

すると犬も、それに応えるように吠える。

なんか……もめてない？　少女が犬の飼い主かと思ったけど、めっちゃ少女が犬に吠えられてる。

おお、今度は俺がめちゃくちゃ幽霊の犬に吠えられてる。なんで？　お腹空《す》いてるの？

するとまた、犬が少女に吠える。

女の子が肩を落とす。もしかしてこの女の子も……お腹空いているのかな。

幽霊って、何が食べられるんだろうか。

普通のものじゃ、無理っぽいけど。

あ、そうだ。お供えものとかあげたら、満足してくれるかな。

あとは……塩？　いや、塩は除霊っぽいし可哀想《かわいそう》だ。

いやいやこの際、除霊でもいい……いや、いいのか？　さすがに可哀想な気も。

とりあえず、成仏（？）的なことしてもらえればいいんだけど。

細い道を車が通る。

俺は脇に避《よ》けた。

一方通行の細い道。だからこそ徒歩で来たわけだが、こんなことに巻き込まれるなら、迂回《うかい》してでも車でコンビニに向かうべきだったかもしれない。

「もういいや。帰ろう」

ついて（憑《つ》いて）来られるかもしれないけど、仕方ない。

うちには、こじんまりとした仏壇がある。

そこには他界した父と母のためのお供えものとして、幾つかの菓子も置いてある。

二人に手を合わせた後、「これどうぞ」みたいな感じで幽霊たちに伝えたら、そのお供えを食べてもらうことはできないだろうか。

あとは、線香の煙とか効かないだろうか。

幽霊たちの世界では、そういう仕組み（？）になってないだろうか。

また車が一台通る。

うん。こんなとこにいつまでいても仕方ない。移動しよう。

俺は自宅に向かって歩き始めた。

遠くで聞こえる車の音と、俺の疲れた足音。

犬と少女……は幽霊だから足音は聞こえない——ってあれ。

振り返ると、犬と少女は立ち止まったまま、こちらを見上げていた。

犬の背中に置かれた少女の手。その手は、犬が俺についていこうとするのをとどめているように見えた。

少女は犬を優しく撫でながら、何事か言った。

すると犬は乾いた声で吠え、俺に背を向けた。

少女は再び、俺を見上げた。

そして、寂しげに微笑むと、こちらに背を向けて歩き始めた。

満足した、のかな。

俺はほっとして、彼らとは反対の方向に歩き出した。

彼らの言っていることは最後までわからなかった。

わからなかったし、相手は幽霊だし、俺は霊能力があるわけでもない普通の人間だ。

だから、何もできることはない。

彼らはたぶん、様子を見る限り、俺に何かして欲しいことがあるようだった。

でも言葉が違うし、幽霊だし、俺は無力な無職だし。

というかそもそも、彼女たちが存在しているかどうかも怪しい。もしかすると、俺の単なる幻覚かもしれないわけで。

俺はゆっくりと来た道を振り返った。

一人と一頭の姿は消えていなかった。

とぼとぼと歩く背中。

その姿から、目を離すことができない。俺は思わず唇を噛《か》んだ。

わかっている。

情が湧いたからといって、なんでもかんでも手を貸そうとしたら、どれほど自分の首を絞めることになるのか。

勤めていた会社で、嫌というほど学んだじゃないか。

みんな結局は自分のことだけを考えて生きている。

誰かを助けるのは、あくまで利害関係があるときだけ。

そうしなければ生きていけないのが、今の社会であり、人生なわけで。

だからこれからは俺も変な情は捨てて、自分の利益だけを考えて生きていこうって。

仕事を辞めたとき、はっきりとそう決めた。

そう決めた……はずなのに。

結局、来た道を引き返してしまう。

「待って！」

踏んだ水たまりが、バシャバシャと自分の足にはねる。

一人と一頭が、ゆっくりと振り返った。

「俺、君たちが何言ってるかわからない。わからない……けど、君たちは何かして欲しかったんじゃないの？」

俺は身振り手振りで必死に伝えた。

「俺、幽霊とかあんまり信じてないし、もしかしたら君たちが見えているのも、俺の頭がおかしくなっただけかもしれないって正直まだ思ってるけど。でもやっぱり、なんか放っておけないんだ。君たちは今、何に困ってるの。俺に手伝えること、何かないかな」

犬と少女が、顔を見合わせる。

すると、犬と少女の半透明の体が、仄《ほの》かに光った。

少女がそれを見て、声をあげる。

犬も、それに応えるように吠えた。

「えっ」

なんだこれ。最近（？）の幽霊、光るのか？

すると少女が俺に手を差し出してくる。

同じく、犬も。

その状態のまま、じっと俺の顔を見つめてくる。

「ええっと」

犬だけに、「お手」、的な……？

二人の差し出した手に触れると、彼らの体がより一層輝いた。

少女がとても嬉《うれ》しそうに、何か叫ぶように言う。

すると。

「！！！！！！」

全身に、経験したことのない激しい衝撃が走った。

雷に打たれた――というのは陳腐な表現だが、まじで自分の体に雷落ちたんかと思ってしまうような、それくらい苛烈な衝撃だった。

轟音《ごうおん》、全身が何かに貫かれる感覚、そして全てが真っ白になり――衝撃は去った。

俺は恐る恐る、目を開けた。

「し、死んでない……」

どうやら自分の体は無事だったらしい。

空を見ると、何の変哲もない薄暗い空。

周囲を見回しても、雷が落ちたような痕跡はどこにもない。

とすると、今の衝撃は一体……と首を傾げたとき、気が付いた。

「え」

目の前で、俺と手をつないでいた少女と犬の姿が――半透明ではなくなっている。

幽霊……じゃない!?

「えっ、えっ!?」

手を離し、改めて彼らに触れる。犬をもふもふと撫でることもできるし、少女の肩に手を置くこともできた。

「本当に幽霊じゃない……じゃあ、迷子……？」

「×××××××××」

少女が話しかけてくる。さっきよりもはっきりと聞こえるようになったが、やはり日本語ではない。

すると犬が吠えた。少女が犬の方を向き、何か言う。また犬が吠える。

犬が吠えるたび、少女が嬉しそうに話しかけている。

なんか……やっぱり会話しているような。

いやいやそんなことより、この子たちの保護者を探さないと。一番近くの交番は。

「×××××××」

「えっ？」

突然、道を歩き出した犬。

そして少女はその犬を指差し、それから俺の手を引いて、歩きはじめた。

とりあえず俺は、彼女の進みたい方へついていく。

先頭の犬は地面をくんくんとやりながら、迷いなく進んでいった。

「こっちにお父さんかお母さんがいるの？」

「×××××××」

言葉はわからないが、少女はなんだか嬉しそうだ。

ひとまずそのまま、一頭と少女についていく。

すると彼らは、何もない道端で立ち止まった。

「×××××××」

「×××××××」

少女が、犬の方に駆け寄っていく。

「ん……？」

そこにあったのは——黒い穴だった。

地面に開いた黒い穴。だがそれは、かなり奇妙なものに見えた。

「なんだこれ……」

間近で見ても奥行がわからないほどの、濃すぎる黒。現実感というものがまるでなかった。

地面に設置されたホログラムでも見ているかのような……。

こんな穴、今までこの道で見たことがない。

少女が不思議そうな顔で、俺に何か言う。

犬が吠え、少女が納得したように頷く。

それから少女は再び俺に言葉をかけると、目の前の穴に、小さな手を差し入れた。

「!!」

少女が触れると、穴は、液体のように揺れた。

そして入れた手の先は、完全に見えなくなる。

「さ、触っちゃだめだ！」

俺は思わず、少女の手を摑《つか》み、穴から離した。

一頭と少女は、目を丸くした。

犬が吠え、少女が頷く。

少女は俺を見て、にこっと笑った。それから俺の手首を摑んだ。

「え、ちょっと待って。何、その顔。何するの？」

少女が穴の中に飛び込んだ。

「あ、ちょっ！」

少女の体が、穴に吸い込まれていく。

そして彼女に手を引かれた俺も。

わけもわからぬまま、穴の中に飲み込まれた。

◆◆◆

穴の中には、真っ黒な空間が広がっていた。

その中を、俺と少女が落下していく。

まるで、深い井戸に落ちてしまったかのよう。

恐怖のせいか、時間がスローモーションのように引き延ばされる。

横目で見ると、手をつないだ少女は、きゃっきゃと楽しそうに笑っていた。

まるでジェットコースターか、スカイダイビングかを楽しんでいるみたいに。

だが俺にそんな余裕はない。

「!!」

下を見ると、光に照らされた地面が見えた。

「死ぬ！」

だがそう思った瞬間、ぶわっと体が起き上がった。

「……あれ？」

気が付くと俺は、両足から地面にゆっくりと着地していた。

手をつないだ少女も、何事もなかったかのように着地して、笑っていた。

俺は上を見た。

五メートル？　いや、十メートル？

頭上には、入ってきたときのような黒い穴が浮かんでいた。

俺、あんなところから落ちたのか？

と、その穴から何かが姿を現《あら》わす。

犬だ！

さっきまで俺たちと一緒にいた犬が、その穴から落ちてくる。

「わっ、わっ!!」

とりあえず俺は受け止めなきゃと思って両手を構えた。

だが。

犬は俺のあわてっぷりなどお構いなしに、空中を泳ぐようにして、優雅に落下してきた。

そして中腰で身構えていた俺の前に、すとんと着地。

犬が、俺を見て吠える。

少女が楽しそうに笑った。

なんだ、今の物理法則を無視したような動きは……と思ったが、俺はひとまず、自分の姿勢を正した。

それから周りを見て、はっとする。

「どこだ、ここ……？」

洞窟のような場所だった。

だが、普通の洞窟とは思えない大きな特徴が一つあった。

壁が、発光しているのだ。

近づいてみると、壁にびっしりと生えているのは苔《こけ》のような植物だった。

それがホタルのように、じんわりと光っている。

ホタルよりも大きくて、青白い光。その光によって、洞窟内はぽつぽつとライトアップされていた。

隣にいる少女と犬は、なんだかすごく落ち着いている。

これが彼女たちが、俺を連れてきたかった場所なのだろうか。

犬が吠えると、少女が頷き、目をつぶった。

少女は両手を前に出し、唇を尖《とが》らせ、何かブツブツと呟いた。

それからはっきりとした声で、何か言い始めた。

「×××××××××××××××××××××××××××××」

歌っているような、祈っているような声。

「×××××言葉×××××××××××××××××××××××」

「××××言葉×××××××××××××してください」

「……ん？」

今、言葉の一部が聞き取れたような。

俺は少女の歌に耳を傾ける。

彼女は同じフレーズを繰り返している。

「×××××言葉××××人間×××わかる×××してください」

繰り返されるごとに、フレーズの中で理解できる言葉が増えていく。

そして――

「人間さんの言葉を、リュイアとヴァンがわかるようにしてください」

「リュイアとヴァンの言葉を、人間さんがわかるようにしてください」

「……!!」

ある程度学んだことのある外国語を聞いているみたいな感覚だった。

耳に入る音は日本語よりもはるかに聞き馴染《なじ》みがないのに、意識を傾ければ、頭の中で意味は理解できるという、そんな感覚。

しかし少女が発している言語を、俺は一切学んだ記憶がない。

何が起こっているのだろう？

「どうやらいけたらしいな」

隣で犬が喋《しゃべ》った。

「……えっ」

隣で犬が喋った!?

「わー、やった、やった！　『言葉合わせの魔法』、できた！」

歌うのをやめた少女が言う。

「やっぱり言葉がわかる……なんで……？」

「リュイアが魔法を使ったから！」

少女がぱっと答えた。

俺の言葉まで、通じてるらしい。

「えっと……」

何が何やらわからない。魔法??　まじで魔法なの？？？

「驚かせてすまない、人間よ」

い、犬がほんとに喋っている……。

そして結構、イケボだ……。

「魔法とは無縁の世界で生きてきたそなたにとっては、おかしなことだらけで、さぞ驚いていることだろう。だがまずは、互いの名を教え合いたい。私は、ヴァン・コ・ロイフォンテ。そしてここにいるのが」

「リュイア！　はじめまして、人間さん！」

人間さん……って俺のことか。

「えっと……君も人間さん、だよね？」

「いや、我々は違う」と犬——えっと、なんだっけ。ワンコロフォ……ワンコ。ワンコさんね。

いや、ワンコさんが人間じゃないのは見てわかるけど。

「リュイア、このダンジョンの中には十分にマナがある。元の姿に戻ろう」

「もう隠さなくていいの⁇」

「ああ。よく我慢したな」

「わーい！」と言って、少女が両手をあげると、彼女の頭に大きな二本の角が。

「ええ⁉」

と同時に、ワンコさんが「ふんっ」と唸《うな》ると、

「ええええ！？？」

こっちはどう考えても、犬とは思えない大きさになった。

しかも、頭には一本の立派な角まで。

ワンコさん……全然ワンコじゃないやんけ……。

「人間よ。隠していて悪かった。これが我々の真の姿だ」

「真の姿だ！」少女が楽しげに復唱する。

真の姿だって、言われても。

幽霊かと思って、普通の人間かと思って……で、なんだろう。妖怪……⁇

「名前を教えてくれるか、人間よ」

「あ、藤堂って言います」

「ア・トドゥーか。良《い》い名だ……」

「あ、違います。藤堂、です。藤堂」

「失礼。トドーか」

なんか発音、怪しいな。

「まぁ、はい」

「トロさん！」

俺は少女に目線の高さを合わせ、伝える。

「藤堂、です」

「トボさん！」

「と、う、ど、う」

「オ・ボボボ？」

……溺れてるの？

いや、言いにくいのかな。

「圭太」

「ケイタ！」

うん、こっちの方が近いな。

「圭太です。よろしくお願いします」

「そうか、ケイタよ」ワンコさんが言った。

「互いの名を確認できたところで、ケイタに我々のことを話したい。我々は見ての通り、人間ではない」

ワンコさんはすっごいモフモフなうえに、一本の角が。少女にも二本の角が生えちゃってる。

そりゃあ人間ではない、ですよね……。

「我々の正体は、魔法を扱う者——魔族だ。『クラドワット』という、ここことは別の世界からやってきた」

魔族……別世界……？

「我々はクラドワットの大魔族シバ・クラド・ロイフォンテに命じられて、この世界にやってきた。我々の使命は、この世界にあるダンジョンに潜り、その最深部にあるコアを破壊すること。その使命を果たした後、元の世界に戻ることだ」

大魔族。ダンジョン。ここことは別の世界……。

「一人前の魔族になって、じぃじのところに戻る！」と少女が続ける。

これはとんでもないことになった。

頭の中に選択肢が浮かぶ。

A．夢
B．幻覚・幻聴

C．それ以外の何か
さぁ、どれだ。


落ち着け。落ち着け、俺。

まずは目をつぶって、深呼吸。

深呼吸。

深呼吸……。

そしてゆっくりと目を開ければ――「どうしたの、ケイタ？」

角のある少女。

大きな白いもふもふ。

あー！

全然、夢から覚めないし、幻覚も消えてくれないー！！！

「大丈夫か、ケイタ」

巨大もふもふが当たり前のように語りかけてくるー!!

「ちょっ、ちょっと時間をください……」

「ああ」

「わかった！」

状況を整理しよう。

とりあえず、夢か、幻覚（幻聴）だとして。

俺は目を開き、ゆっくりと周りを見る。

角の生えた少女。

白くて大きな獣。

青白い光で照らされた洞窟。

鼻から吸う息、
パチンッ。
頬を叩《たた》いたときの感触。
そして、ここに至るまでの俺の記憶……。

「リアル過ぎるんだよなぁ……」

夢や幻覚だとして、どれもあまりに明瞭で、リアル過ぎる。

もしこの状態が夢や幻覚なのだとしたら、もう俺には、判別のしようがない。

普段、俺が現実だと思って生活しているものを、「実は仮想の現実かもしれない」と疑って、その真偽をたしかめることができないことと似ている気がする。

と、なると。

……どうなるんだ？

夢かもしれない、幻覚・幻聴かもしれない。

でも目の前で繰り広げられる不可思議現象が、俺が昨日まで生きてきた「現実」と同程度のリアリティを持っているから、それを疑うことは、今まで俺が生きてきた現実を夢と疑うことと同じくらい困難なわけで……。

どう捉えるべきか、しばらく頭を悩ませていると。

「ケィタ、ケィタ」

「ん？」

角のある少女が、俺の膝のあたりをとんとんと叩いた。

「見ててね！」元気よく言われ、

「あ、うん」とりあえず頷く。

少女はふすーっと息を吐くと、両手を前に出し、唇を尖らせてぶつぶつと呟く。

そして、「光れ！」と大きな声で言った。

「……ん？」

特に何も起こらない。

「あっ、あれ？　おかしいな～」

少女はあわあわしながら、もう一度、ふすーっと息を吐く。唇を尖らせて呟き。

「光れ！」

「……」

やっぱり何も起こらない。彼女の中では、何かが起こるはずなのだろうか。

「どうした、リュイア。光はあるから、魔法で出さなくて大丈夫だぞ」

ワンコさんが言う。

「ちがうの、ヴァン。あれっ、あれっ？　リュイア、できるんだけどなー……」

三度、試す。四度、試す。しかし少女が思うような変化は何も起こらない。

しかし諦めず、繰り返す少女。

「光れ！」

ジュッ、ジュ、ジュッ。

「できた！」

彼女の手の中に、変化が現れた。

「おおぉ……」

現れたのは、色とりどりの光。

赤、青、緑。

俺がよく知るもので、それと似たものがあった。

花火だ。

少女の手の中で、小さな花火が踊っている。

パッと弾《はじ》けては、また小さな手の平から生まれ、別の光がパッと弾ける。

意識を奪われる光景。

二十秒ほどで、その光は途絶えた。

「ケイタ！　どう？」

少女がぱっと顔をあげて言う。

「えっと……すごい。すごいね」

少女はにこっと笑った。

「違うのもできるよ！　見てて！」

「あ、うん」

俺が答えるなり、少女は唇を尖らせた。

ぶつぶつと呟く。

「光れ！」

何も起きない。

再度、挑戦する。

「光れ！」

何も起きない。

「あれ～。できるはずなのにな～」

三度、四度。少女は諦めずに挑戦する。

「おい、リュイア」

何をやっているのだと言いたげなワンコさん。

だが少女は、ぶつぶつと言葉を唱え続けた。

「光れ！」

そしてまた、少女の手の中に花火が生まれた。

彼女の言った通り、今度は少し違う形で光が弾けている。

それからまた、二十秒ほどで消え。

「どう？　ケイタ！」

彼女が顔を上げて、俺に問う。

「うん、すごい。すごいと思う」

俺は小さく拍手した。

彼女は、じーっと俺の顔を見ている。

「……？」

「ケイタ、嫌になっちゃった？」

少女が唐突に、眉を曇らせた。

「えっ」

「ケイタ、手を握ってくれたとき、思ったでしょ？　リュイアとヴァンのこと助けてあげます、って。だからリュイアとヴァンの体、光って、透明じゃなくなったの」

地上で、幽霊のように半透明だったときのことを言っているのだろうか。

たしかにあのとき、俺はそう思ったし、言葉は通じなかったけど、声に出して言いもした。

彼らの体が光ったことには、その意思表示が関係あったのだろうか。

「でもやっぱり、嫌になっちゃった？　リュイアとヴァンの話を聞いて、ケィタ、やっぱりやめたくなった？」

「俺は……」

彼女たちに協力することが嫌とか、嫌じゃないとかではなく。

とにかくこの現実とは思えない状況に、どうすべきか戸惑っていて。

少女が再び、唇を尖らせる。

彼女は何度も何度も動作を繰り返す。

そして小さな手の中に、花火を打ち上げた。

「ケィタ。魔法、きれいでしょ？」

「えっと、うん。綺麗《きれい》、だね……？」

少女の言わんとしていることがわからず、首を傾げる。

「リュイアのじぃじはね、とってもすごい魔族なの。

だからリュイアもこれから、もっともっと、すっごい魔法が使えるようになるよ」

手の中の花火が、消えてなくなる。

祭りの後のような寂しさが、脳裏をかすめた。

「ケイタもだよ。リュイアとヴァンとこれからダンジョンに潜ったら、ケイタも魔法、たっっっくさん使えるようになるんだよ。じぃじ言ってた。こっちの世界の人間さんは、魔力とつながるきっかけがないだけだって。きっかけさえあれば、すぐに魔法が使えるようになるんだって！　ケイタはこのダンジョンに、一緒に来てくれたでしょ？　だからもう、大丈夫なの。ケイタもこうやってすてきな魔法、魔法が……」

そこで少女の言葉は止まった。

少女の大きな瞳の表面が、波のように揺れる。

彼女はぐっと歯を食いしばったけれど、すぐにぼろぼろと、涙をこぼし始めた。

「ケイタ、一緒にいて。すてきな魔法、たくさん教えてあげるから。リュイアとヴァンのこと、知らんぷりしないで」

涙を拭いながら、少女は言った。

「ケイタ、私からもお願いしたい」ワンコさんも言う。

「ケイタは今日まで、魔法ともダンジョンとも関わらずに生きてきた。だから私たちの話をきっとすぐには受け入れられないと思う。だがどうか今は、私たちと一緒にいてくれないだろうか。リュイアも私も、この世界で知っている者がいない。今はケイタだけが、唯一つながりのある存在なのだ」

黙って考えていると、次々に否定的な考えが浮かんでくる。

目の前の状況が、現実であるはずがないとか。

万が一に現実のことだとして、また余計な仕事を背負いこむつもりなのかとか。

いい人ぶるのはよせとか、こういう性格が祟って、会社勤めのときも一人では抱えきれないほどの仕事を押し付けられていたじゃないか、とか。


俺は目の前の二人に目を向けた。

角のある少女は、肩を震わせて、涙を止めようとしている。

白く大きな獣は寄り添うように立ち、彼女を心配そうに見つめている。


決めた。

現実か、現実じゃないかなんて正直わからない。

でもこの人たちが困ってるんだったら、できることしたいなって思っちゃったから。

あと普通にさ。

面倒な仕事を人に押し付けるのがうまかったり、困っている人間がいても何とも思わずに、むしろその弱さに乗じてふみつけにしたり。

そういう人間の方がうまくいく社会って、はっきりいってクソじゃないか。

そんな社会なんだったら、自分を押し殺してまで適応する必要ない。

少なくとも今は。

俺は自分の素直な感情に従いたい。


「よしっ！」

俺はさっきよりも強く、自分の両頬を叩いた。

目の前にいる、一人と一頭のこと。

魔法とかダンジョンとかよくわからないけれど、俺にできることがあるなら力になりたい。

とりあえず彼らの存在を「あるもの」と受け入れて、話を聞くことにしよう。

「リュイアちゃん、ワンコさん」

少女が泣きながら、顔をあげる。

「ワンコサン……？」

なぜか不思議そうに、ワンコさんは呟く。

「詳しく聞かせてもらってもいいかな。俺なんかにできることがあるのなら、手伝わせてもらうよ」

少女がわっと声をあげて、俺に抱きついてきた。

しまった、余計泣かせてしまった気が。

俺は少女を見る。

というか、ほんとに、本物の角だな……。

近くでみると、明らかにコスプレや飾りの角の雰囲気ではない。

でも今は、彼女が魔族であるとか、そうでないとかは関係なく。

困っている人がいたら、自分にできることをしたい。

綺麗ごとみたいだけど、それって別に、人としておかしな感情じゃないよなとも思った。

◆◆◆

リュイアが泣《な》き止《や》むまでの間、ワンコさんは自分たちのことを説明すると言ってくれた。

魔族であると名乗った彼らが、一体何者であるのか。

彼らが「ダンジョン」と呼んだこの場所は、一体どのような空間なのか。

そしてどうすれば、ここから出られるのか。

俺には聞きたいことが山のようにあった。


「ケイタ。最初に断っておきたい」

このモフモフ、まじで低くて渋い声だな……。

「はい」

俺は相槌《あいづち》を打つ。

「私はその……他者に何かを説明するのが、あまり得意ではないんだ」

ワンコさんの、曇りのない真《ま》っ直《す》ぐな目。

「はぁ」

急に何を言いだすのだろう。

「よく仲間から言われるのは、私がする説明は、大事な部分が抜けていることが多いのだと」

「そうなんですか」

「だからわからないことがあったら、何でも聞いてくれ」

「わかりました」

現状、知りたいことだらけだし、遠慮せずに聞くことにしよう。

「あと、話し方がぶっきらぼうだとも言われる」

「へっ？」

「自分ではそんなつもりはないのだが。その点も、気を悪くしないでくれ」

「……」

ワンコさん、めちゃくちゃ予防線を張っている。

堂々とした見た目や声に反して、実は繊細な心の持ち主なんだろうか。

「わかりました。こちらは気にせずに、お話を伺いますね」

「すまないな。では、説明するとしよう」

「よろしくお願いします」

「まず、我々が知る限り、世界は七つに分かれている」

「おぉ……」

なんか、急にファンタジーっぽい。

「我々はそのうちの一つ、『クラドワット』という世界からやってきた。クラドワットは、魔法を使う者──『魔族』と呼ばれる者たちが暮らしている世界だ」

この辺りは、さっきも言っていたな。

「七つの世界の中には、魔法がある世界と、魔法がない世界の二種類が存在する。違いは、その世界にマナが存在するかどうかだ。マナは大気中に存在する、魔法を使うために必要なエネルギーのようなもの。マナがある世界では魔法が使われ、無い世界では、魔法も魔族も存在しない」

ふむふむ。

「だが一方で、全ての世界に共通して存在するものもある。それは、ダンジョンだ。ダンジョンとは──まさに我々がいるこの場所のことだが──地上の世界とは切り離された異空間であり、ここには必ずマナが存在する。ダンジョンの中には、魔族の生活に必要な資源が多く眠っており、我々にとっては恵みを与えてくれる宝庫と言える。同時に、ダンジョンには少々厄介な側面もある。誰も足を踏み入れずに放置され続けると、ダンジョンは穢《けが》れを地上に放出するようになるのだ」

「穢れ……？」

「ああ。地上にそれが放出されると、何らかの形で良くないことが起こり始める。大抵の場合は、大規模な天災だな。地上に生きている者たちでは防ぎようのない自然現象が起こり、多くの命が奪われてしまう」

俄《にわ》かには信じがたいが……。

しかし既に魔法とかダンジョンとか、俺の常識を超えたものが目の前に展開されているので、安易に否定はできない。

「我々がこの世界にやって来たのは、まさにその現象を防ぐためだ。私とリュイアが暮らしてきた村では、『半人前の魔族を魔法が使われていない世界に転移させ、その世界に存在するダンジョンを破壊させる』というしきたりがある。魔法が使えない人々が暮らす世界で、彼らの代わりに、放置されたダンジョンを破壊する。同時に、そこに眠る豊富な資源を村に持ち帰る。これが、しきたりの目的だ。そのしきたりを果たすことで、我が村では、一人前の魔族として認められるようになるのだ」

「へぇ……」

通過儀礼ってやつかな。

「ここまでで、何か聞きたいことはあるか？」

うーん、何かあるかな。

俺の視界に、リュイアの角が入る。

ワンコさんからの詳しい説明を聞いている間も、この魔族のちびっこは、ずっと俺の足に抱きついたままだった。

「俺はそのしきたりに、どういう関係があるんです？」

「おお、そうだな。我々がケィタと交わした契約魔法についても、話しておかねばなるまい」

「契約魔法？」

「ああ。地上で半透明だった私たちの手をとってくれただろう。あのときのことだ」

ああ、あの、雷に打たれたような瞬間のことか。

あれは一体、何だったのだろう？

「我々は別の世界からやってきたわけだが、世界を移動するための方法は幾つかある。どれも一長一短だが、我々は、村に古くから伝わる転移の魔法陣でこの世界にやってきた。このやり方だと、一瞬で他の世界へ行くことができるという利点がある」

おー、ワープ的なことかな。便利じゃん。

「ただし、この方法には幾つかの欠点がある。大きな欠点は二つだが、そのうちの一つが、転移する正確な場所が選べないこと」

えぇ……やっぱり不便かも……。

「もう一つは、転移した先の世界に住む者と、契約を結んでもらわなければならないということだ。ケイタに結んでもらった契約というのが、これに当たる。契約といっても、実質的にはケイタは何も差し出す必要がないから、安心してくれ」

「あ、そうなんですね」

ちょっとほっとする。言葉が通じず、訳がわからないうちに結んでしまった契約だから。

「契約の内容は、『我々が持つ魔力の一部を与える代わりに、我々をこの世界に迎え入れてください』というものだ。転移魔法は、一瞬で別の世界へ転移することができる代償として、転移した先の世界に住んでいる人間に、自分たちの存在を受け入れてもらわなければならない。この契約が結べなければ、我々はこの世界とのつながりを持てず、一切の活動を行うことができないのだ。ダンジョンに入ることはおろか、契約魔法以外の魔法も一切使うことができない。本当に何もできぬ状態で、マナのない地上を彷徨《さまよ》うことになる」

ワンコさんは、口にするだに恐ろしいといった様子だった。

それから温かい目で、俺の顔を見た。

「だからケィタには、とても感謝しているのだ。言葉も通じないというのに、ケィタは我々のことを受け入れてくれた。見知らぬ我々に、手を差し伸べてくれた。ケィタに会うまでに何人かの人間が私たちに気が付いたようだったが、ケィタのような心持ちの人間には一人も出会わなかった」

それからワンコさんは、なおも俺の足にしがみついているリュイアをちらと見て、声を落として言った。

「許してやって欲しい。本当に、心細い経験だったのだ。知らない世界で、誰にも受け入れてもらえずに彷徨うというのが」

「ええ」

「私もケィタに受け入れてもらえた瞬間は、心の底からほっとしたよ。改めて、礼を言わせてもらおう。ありがとう、ケィタ」

「いえ、とんでもないです」

俺はよくわからないまま、この場に連れてこられただけだ。

でもひとまずは状況が把握できたので、一安心。

「リュイア。そろそろ涙は止まったか」

優しい声で、ワンコさんが言った。

すると少女は頷き、俺の膝から顔を離した。

少女の鼻水がびよーんと伸びて、俺の足のズボンに残る組と、彼女の鼻の下についていく組で、ぷちんと別れた。

「大丈夫？」

俺はポケットからハンカチを取り出し、彼女に渡した。

「ありがと、ございます」

少女はハンカチを受け取り、鼻を拭いた。

それから唇を尖らせて、ハンカチに向かって、呟く。

小さな手の上のハンカチが、ぱぁっと光に包まれた。

「……ん？」

彼女は俺のズボンの膝に向けても、何やら同じ魔法らしきものを使った。

膝にできていた水たまりとスライムが、しゅっと消えてなくなる。

「これは……？」

「ちょっとだけきれいにする魔法。リュイアの鼻水、とったの。へへっ」

彼女は照れくさそうに笑った。

「そうなんだ。ありがとう」

便利な魔法もあったものだ。

「それで……この後は、どうする感じですか？」

契約に関していえば、俺はこれ以上、何かする必要はなさそうだけど。

ワンコさんは上を見て言う。俺たちが落ちてきた穴だ。

「ケイタが地上へ戻りたければ、この穴から戻ることができる」

あっ、そうなんだ。けっこうな高さに見えるが……。

魔法とかで宙に浮けるのかな。

「だが、もし我々の希望を叶《かな》えてもらえるなら」

「ええ。なんですか？」

乗りかかった舟だ。悪い人たちではなさそうだし、できることは協力してあげたい。

「もう少しだけ、我々と一緒にいてはもらえないだろうか。我々は今から、このダンジョンを探索する。それについてきてもらいたいのだ」

俺はワンコさんを見て、それからリュイアを見る。

うん。できることはやると決めたからな。

「わかりました」と俺は答える。

「そうか……ありがとう、ケイタ」

「ありがと、ケイタ……！」

リュイアがまた、目をウルウルさせて言う。

それからワンコさんは、これからの流れを具体的に説明してくれた。

「地上に戻るまでに、このダンジョンの中に散らばっている魔法石を幾つか回収したい。もちろん、最終的にはコアまで破壊したいが……まぁそれは最初は、難しいかもしれないからな」

「えっと、魔法石というのは？」

「ああ。魔法を使うためには『マナ』や『魔力』というものが必要になるのだが。魔法石はそれらが結晶化したものなんだ。それさえあれば、この世界の地上でも、少しは魔法や魔道具を使うことができる。リュイアと私はもともと地上にも『マナ』が満ちあふれた世界に住んでいたから、魔法が使えないと色々と困ってしまうんだ。だから魔法石をいくらか回収して、安心しておきたい」

「なるほど」

完全にファンタジーの世界だ。

だが今の俺は、彼らの話を何でも受け入れる覚悟を決めた。

今なら何があると言われても、驚かないはずだ。

「だが一つ問題があってな」

「なんですか？」

「ほとんどの魔法石は、厄介な化け物に姿を変えているんだ。我々はそれを、魔物と呼んでいるのだが」

「えっ」

驚いちゃった。

このダンジョン、魔物いるのぉ……？

「ああ。その魔物というやつは、俺たちを見ると襲ってくる」

襲われちゃうのぉ……？

「しかし安心してくれ、ケイタ。このダンジョンに棲《す》む魔物は、おそらくマナの気配からして、大した相手じゃない。私だけでも、十分戦える。ケイタに危険は及ばないはずだ」

「……わかりました」

ワンコさんの言葉を信じよう。

「魔物も魔法石も、実際に見てもらったらすぐにどんなものだかわかるはずだ。早速だがケイタ……行ってみようか」

ワンコさんが、俺の顔を真っ直ぐに見る。

俺は洞窟の奥を見る。

青白い光に照らされてはいるが、すぐに曲がっているから、先は見えなくなっている。

「行きましょう。よろしくお願いします」

「はーい！」

「よし」

正直、よくはわからないが、ダンジョンとやらの探索開始だ。

第二章　はじめてのダンジョン

「これはね、ダンジョン苔《ごけ》。マナのあるところで、光るんだよ」

俺が、壁で光っている植物を気にしていることに気が付いたのか、リュイアが指をさして説明してくれた。

「へぇ」

「マナっていうのはね、うーんとね、魔法を使うための、うーんと、材料みたいなもの！」

「そうなんだ」

「青の他にも、緑とか、赤とかに光る苔もあるんだ～」

「なるほど」

ダンジョンとは、なかなかカラフルにライトアップされた洞窟のようだ。

そんな感想を持ちながら、先へと進んでいく。

先頭を行くワンコさんの足取りに躊躇いはないし、道は一本だ。

曲がりくねっているから先は見通せないが、苔に見惚《みと》れながら、特に緊張もなく進む。

だがのんきなお散歩は、ワンコさんの一言で破られた。

「二人とも、止まってくれ」

「はい」

「魔物の気配だ」

おぉ……ついにか。スピードを落として、ワンコさんが先へ進む。

リュイアは肩から下げていたモンスターの顔をしたポシェットを開けて、中から何かを取り出した。

「なに、それ」

俺が言うと、リュイアは誇らしげな表情で頷き、「じぃじの杖《つえ》」と俺にそれを見せてくれた。
三、四十センチほどの丈夫そうな木の棒で、いかにも魔法の杖らしい見た目をしている――と思いきや、持ち手部分が、人の顔の形に彫られていた。
「これは？」

「じぃじ」

「へぇ……」

美術のデッサンで使う石膏《せっこう》像のように、厳《いか》めしい老人の顔。

石膏像のモデルとは違い、頭に二本の角が生えている。

彼もまた、リュイアと同じ魔族なのだろうとわかる。

杖の持ち手部分を、持ち主の顔の形に彫るという文化なのだろうか。

「この杖は何に使うの？」

「えっとね、これは『物知りな杖』だから、魔物のことを教えてくれます！」

「へぇ……」

どんなアイテムなんだろう。

すると、奇怪な音が辺りに響いた。

曲がりくねった洞窟の先から現れたのは、俺の目線と同じ高さに頭部がくるほどの長い足を持った、黒い、蜘蛛《くも》のような見た目の化け物だった。

日常生活ではおよそ目にすることのない、明らかに異形の生物。

背筋が凍るような不気味さだった。

「ウルルルラララ」

蜘蛛は、奇怪な音を立てながら、べたべたとこちらに近づいてくる。

隣にいたリュイアが、持っていた杖を魔物に向けて振った。

杖の先が、わずかに緑色に光る。

【黒い蜘蛛の魔物じゃな。脅威度は★《ほしひとつ》といったところかの】

おお、なんか杖から声が……！

リュイアが言った通り、魔物のことを教えてくれる道具っぽい。

「大した相手じゃないな。二人とも下がっていてくれ」

ワンコさんが前へ出る。

「あい！」リュイアが、俺の手を引く。「ケイタ、後ろにいよ」

「わかった」

彼女とともに、俺は後ろに下がった。そして振り返ると、
ボフッ。

ワンコさんが、紫の火の球を吹いていた。

おお……！

その球が、黒い蜘蛛に当たり、吹き飛ばす。

黒い蜘蛛は体勢を崩し、転がったが、紫の火を振り払うと、今度はスピードをあげて向かってきた。

悪夢でしか見ないようなサイズの、巨大蜘蛛。

足を動かすさまに、鳥肌が立つ。

すかさずワンコさんは、紫の火を吐いた。

巨大蜘蛛は、ぴょんと後ろに飛び、それを躱《かわ》す。

だが間髪入れずにワンコさんが次の火球を飛ばすと、それは真っ直ぐに蜘蛛を捉えた。

「キシャーーー！」

紫の火に喰《く》われる蜘蛛は、こちらの耳をつんざくような音を立てた。

ワンコさんがだめ押しの一発をお見舞いする。

その火を食らうと、蜘蛛はようやくその場に崩れ落ちた。

「行こ！」とリュイアが明るい声で言う。

「あ、うん」

少女は俺を引っ張って、ワンコさんのところに駆け寄る。

「倒せたね、ヴァン！」

「ふむ、なんとかなったな」

魔物に目を向けると、蜘蛛はぴくりとも動かなくなっていた。

と、その体から何か黒いものがぶわっとわき出てくる。

「わっ！」

思わず声がでた。

その黒いガスは球のように集まると、渦を巻きながら光へと変わっていき、やがてパァッと明るく弾けて消えてしまった。

「なにこれ……？」

「魔物となっていた者の魂だ」

ワンコさんが言う。

「えっ……」

「罪や迷いを抱えた魂が、マナと結びついて具現化したもの——それが魔物の正体だ。彼らは我々のような健全な魂と肉体を備えた者を見つけると、本能的に襲いかかる。だが我々を殺したところで、彼らの渇望が満たされることはない」

ワンコさんは穏やかな目で、魂が消えた場所を見つめた。

「唯一、彼らが救われる方法は、我々に倒されることだ。そうすることで、魔物になってしまった体から解放され、本来向かうべき場所へ進むことができる」

「なるほど……」

なんか……成仏みたいだな。

「あのー」とリュイアが、魔物の残骸を指差していった。

「もう取り出してもいい？」

「おお、そうだな」とワンコさんが答えた。

「よろしく頼む」

「あい！」

リュイアはモンスターポシェットに『物知りな杖』をしまった。それから目をつぶり、唇を尖らせてぶつぶつと呟く。

すると蜘蛛の体の中から、真珠のような、輝く小さな石が飛び出した。

「あった！」

それは宙をふわふわと漂って、少女の手の中におさまった。

と同時に、蜘蛛の黒い体が、さらさらと砂のようになってその場に崩れ落ちた。

ワンコさんが俺の方を見て言う。

「ケイタ、これが魔法石だ。ひとまず我々は、これを集めたい。この世界の地上ではマナが流れていないが、この魔法石さえあれば、多少は魔法が使えるからな」

「わかりました。どれくらい必要なんですか？」

「そうだな……」ワンコさんが、リュイアの持つ石を見る。それは、ビー玉くらいに小さな石だった。

「あればあるだけいいんだが……見ての通り、魔法石を得るには魔物を倒さなきゃならない」

そうか。魔法石を得ようとするたびに、この蜘蛛みたいな魔物を倒さなきゃならないのか。

「それと、今の戦闘でわかったんだが。どうやら今の私は、かなり魔力が落ちている。原因はおそらく……」といって、ワンコさんがリュイアを見る。リュイアは「？」という顔でワンコさんのことを見返した。

「……まぁ、まだはっきりしたわけじゃないが。とりあえず、さっきのような小物でも苦戦を強いられる」

「あらら」

大丈夫なのだろうか。

「ケイタ。すまないが、力を貸してもらえないか？」

「えっと、何を手伝えばいいんでしょう」

とりあえず、彼らに協力すると決めた。

俺にできることなら、荷物持ちでも何でも、やってみよう。

「魔法だ。魔法を使ってみて欲しい」

「えっ」

えっ。

「魔法、ですか」

「ああ、魔法だ」

「すみません……俺、魔法は使えないんですよ」

普通に生きてきたら、絶対に言わなそうなセリフだ。

「いや、使えるはずだ」

使えるって言われちゃった。

「無論、こちらの世界の人間が、魔法を使わずに生活していることは知ってるぞ。だがそれは、魔力とのつながりを失っているからだ。ケィタがダンジョンに入れたということは、そのつながりを取り戻しているという証拠に他ならない。呪文を必要とする特別な魔法は除いて、自然と使える魔法があるはずだ」

魔力とのつながり、ねぇ……。

「ひとまず、実際に試してみてもらってもよいか？」

「わかりました……えっと、どうやってやればいいんでしょう」

「そうだな……私の場合は、こんな感じだ」

するとワンコさんは大きく口を開け、ボッと紫の火を吹く。

それから俺の方を見た。

「できそうか？」

「いやぁ……」

リュイアとワンコさんにじっと見られ、俺はとりあえず、真似《まね》してみる。

大きく口を開けて……「あー」。

怪獣のように口を開けた俺。

情けない声が、静かな洞窟に響き渡る。

「……難しそうだな」

勘弁してください……。

「一度でもつながる感覚が掴めてしまえば、あとは魔力が囁《ささや》くはずなんだが……」

「あのね、ケィタ。こうやってね」とリュイアが、自分の胸に手をあてる。

「『魔力さん、使える魔法を教えてください』ってやってみて」

「なるほど」

怪獣の真似の次は、「魔力さん教ぇてください」か……。

「じぃじがね、こうすると良いって言ってた。やってみて！」

「あ、はい」

俺は胸に手をあてる。そして唱ぇた。

「魔力さん……（恥ずかしいな……）……使える魔法を教えてください」

しーん。

魔力さん、何も教えてくれない。

「魔力さん、教えてくれた？」

「いや、特には……」

「うーん、そっか」

リュイアが唇を尖らせる。

「じゃあ、えいってやってみて」

「えいっ？」

「そう。魔法が使えるよ～と思って、えいっ」

リュイアはそう言って、手を前にやる。

「ケィタは大人だから、えいっ、で魔法、できると思う！」

少女はキラキラした目でそう言ってくる。

「うーん……」

大人だけど、えいっ、で魔法使えるかな～??

「やってみて？」

「あ、はい」

恥ずかしがってる場合じゃない。ちゃんと真剣（？）に、やろう。

自分は魔法が使える、魔法が使えるぞ～（自己暗示）。

「えいっ」

バチッ。

「！！？？？」

なんか今、電流みたいなものが流れた気が。

「えいっ」

バチッ。

やっぱり！

「やった！　ケィタ、できた!!」とリュイア。

「おお、使えたみたいだな、ケィタ！」

魔法……絶対使えないと思ったのに。

「もう一回やってみてー！」

「あ、うん。えいっ」

バチッ！

「えいっ、えいっ」

バチッ！　バチッ！

「できたー！」とリュイア、大喜び。

えいっとするたびに、小さな雷みたいなものが光って見える。

これが魔法というやつなのだろうか。

「よし。これがケィタの属性魔法だな」

「属性魔法？」

「ああ。ケィタのような大人――つまり、ある程度、生きてきた年数があり、魂の性質が定まってきた者であれば、自然と操ることができるようになる魔法だ。この魔法は、操る者によって異なる属性を示す。たとえば私の場合は、」

ワンコさんが、口を開け、頭上に炎を吹く。

「ケィタが出した魔法とは、ずいぶんと違う姿をしているだろう。私の属性魔法は、【紫炎《しえん》】だ。

ケィタの属性はなんだ？」

えっ、属性……？

バチッ、バチッ、て弾けてるし、静電気とかかな。

【はくらい】

頭の中で、少年のような声が聞こえた。

それと同時に、その属性のイメージが浮かんでくる。

「白雷……？」

「おお、白雷というのか。いいじゃないか」

「白雷！」とリュイアが目を輝かせる。

「もう少し試してみるか？」

「や、やってみます」

意識すると、手から何かが出て来る感覚がある。

「【白雷】」

ジジッ、ジジジジジッ、ジジジッ……。

声に出すと、よりはっきりと魔法は起こった。

手の上で、白い雷が断続的に弾けている。

「素晴らしい。どうやらそれがあれば、魔物と戦えそうだな」

ジッ、ジジジッ、ジジッ……。

この雷で、さっきみたいな蜘蛛と戦えるのだろうか。


しばらく歩き、洞窟の奥から姿を現わしたのは、蜘蛛ではなかった。

「あれは……本？」

何冊かの分厚い本が、鳥のようにパタパタと飛んでいる。

「魔物は、様々な姿をしている。魂とマナが結びついて、化け物の姿をしていることもあれば、何かを真似ていることもある。だが」

ワンコさんは綺麗な瞳を俺に向けた。

「仮初《かりそめ》の姿だ。特に力のない魔物は、倒せば崩壊することの方が多い。どのような姿でも、臆する必要はない」

「わかりました」

リュイアが杖を振る。

【空飛ぶ本の魔物じゃな。脅威度は★《ほしひとつ》といったところかの】

すると本が空中でくるくると回り、こちらに飛んできた。

ボフッ、ボフッ。

ワンコさんは、向かってくる本に正確に紫の火を当て、撃ち落とした。

「いけるか、ケイタ」

「はいっ」

俺は頷き、呟いた。

「【白雷】」

バチッ、バチチ。

手の上に白い雷が生まれる。

えっと。

これ、どうやって飛んでる本にぶつければいいんだ？

「ケイタ。自分の中の魔力に問うてみてくれ。そうすれば自《おの》ずと、どんな魔法が使えるかわかるはずだ」

ワンコさんが、また飛んできた一冊に紫の火をぶつける。

「使える魔法……」

頭にふっと、言葉とイメージが浮かぶ。

「【雷球《らいきゅう》】……？」

体の底から何かが湧き上がって来て、それは意図すると、自分が望んだとおり、右手から放たれた。

ビビッ！

「おー！」とリュイアの歓声が後ろから聞こえてくる。

雷の球は、ジジジジ……と飛んでいき――壁に当たった。

バチッ！

魔物によけられたー！

「あちゃ～！」後ろのオーディエンスも、思わず盛り下がる。

雷球……なんか、すごく遅い魔法だ。ぱたぱた飛んでいる本たちに、余裕で避けられている。

一方、ワンコさんが放つ火は、素早く正確だ。

放たれた紫の火が、近づいてきた本を一撃で撃ち落とす。

「ケイタ、どんどん撃つといい。回数をこなせば、もっとうまく操れるはずだ」

「わかりましたっ」

意識を集中させる。

呼吸するときや、手足を動かすときと同じように。

「そうしたい」と考えるだけで、手の中からカミナリ球が現れる。

【雷球】

【雷球】

【雷球】

【雷球】……。


数分後。


「いいぞ、その調子だケイタ！」

「ケイタ、頑張って！」

遅ーい！　全然当たらなーい！

空中でパタパタしている本は、気がつけば残り一冊になっていた。

(※他の本は、全てワンコさんが撃ち落としました)。

落下した本からは、それぞれリュイアが魔法石を回収し、ポシェットに入れていた。

だがそれらも集め終わり、一人と一頭は、今、完全に応援に回っていた。

そして俺は、空中を逃げ回っている本に、雷球を飛ばしまくっている。

「頑張れー！」

「ケイタ、あと少しだ！」

当たれ、当たれぇぇぇぇーーーー！

ひょいっ。

全然当たらーん！

パタパタ飛んでいる最後の一冊は、雷球が近くまでくると、ひょいと動いたり、くるんと回ったりして、攻撃を躱す。

そして他の本と違い、全然こちらに攻撃してこない。

最初は、「臆病な性格（？）なのかな」とその動きを見ていて思ったが、途中から、考えが変わった。

いま放った雷球もまた、本はぎりぎりのところで躱し、そしてくるくるとその場で回って見せる。

こいつ……俺のこと、煽《あお》ってるだろ（怒）。

魔法を込めた手にも力が籠る。

大人しく……成仏せんかい！

【雷球】！

【雷球】!!

【雷球】！！！

チュン。

あ、今、かすった。

もしや相手、飛び疲れて、スピードが落ちているのではないだろうか。

【雷球】！！！！

チュン。

いや、違う。

相手のスピードが落ちてるんじゃない……。

【雷球】！！！！！

ビリッ！

「当たった！」

「いいぞ、速くなってる！」

やっぱり、こっちが放つ雷球が速くなってるんだ。

子供の頃にやっていたドッジボールぐらいのスピードは出てる！（気がする！）

行け、カミナリ球……！

【雷球】！！！！！

バチッ！

よし、当たった！　アウトだ！　外野に出なさい！

ふらふらと飛びながら、それでもまだ粘る本。

当たったでしょうがぁぁぁ！

しかしその動きに、くるくる回る余裕はない。

【雷球】！！！！！

バチッ！

よし！

今度こそ本は、力なく、落下した。

ビリ、ビリ……。

半分開き、動かなくなった本。

近くで見ると、それが「本」ではなく、「本に似た何か」なのだとわかる。

表紙にも、ページにも、一切の文字はない。

しかも、開いているページ以外は、分割されておらず、ページにすらなっていない。

覗き込んでいると、その本からひょいと抜け出るものがあった。

「わっ」

これが、この魔物の魂なのだろうか。

黒く薄汚れた魂は、まるで俺に言いたいことでもあるかのように、その場でとどまっていた。

「お疲れさま」

なぜかわからないけど、俺はその魂に労《ねぎら》いの言葉をかけていた。

魂が納得したように、パァッと光って消えていった。

残された本まがいの物体は、すぐに干乾《ひから》びた植物のようになった。

リュイアが唇を尖らせて、ぶつぶつと何か呟く。魔物の残骸からパァッと光りながら現れたのは、小さな黄色い魔法石だった。

「きれいだね！」とリュイアが笑った。

「そうだね」俺も彼女につられて笑った。

◆◆◆

次に現れたのは、空き缶の魔物だった。

大きさは、全然、空き缶って感じじゃない。

一番大きいものは、一メートル五十センチくらいあった。

遠目にはよく見る炭酸飲料みたいな派手な黄色だったが、近くで見ると、ただ色が適当につけてあるだけなのがわかる。

材質の感じも、地面を弾んでいる動きを見る限り、明らかに金属っぽい材質ではなかった。

ダミーの本に、ハリボテの空き缶。

魔物とは、実に奇妙な存在だ。

リュイアが杖を振る。

【筒の魔物じゃな。脅威度は★★《ほしふたつ》じゃ】

「ケイタ、無理はするなよ」とワンコさんが言い、空き缶の群れに飛び込んでいく。

「わかった」

俺はワンコさんのように、俊敏な動きはできない。

一体一体、近づいてきたものとやり合おう。

ワンコさんが戦い始めた群れから漏れた一体が、こちらに近づいてくる。

空も飛んでないし、さっきの本より動きも遅い。

こいつは簡単に雷球を当てられそうだな。

と思ったら、滅茶苦茶《めちゃくちゃ》アグレッシブに攻撃してきた。

ドスッ。

「うおっ」

ボクシングの練習なんかでみる、サンドバッグがぶつかってきた感じだった。

なかなかの速さと力で押される感触はあったけれど、全く痛くない。

アドレナリンが出ているからだろうか。

相手も、反動とは思えないくらいぴょーんと後ろに下がった。ヒット&アウェーを意識しているのかもしれない。いいボクサーだ（？）。

「ケイタ、大丈夫!?」

慌てて駆け寄ってきたリュイア。

「大丈夫。下がっててね」

「うん！」

少女は素直に頷き、たったたったたっとまた後ろに下がっていく。

リュイアは生まれたときから大きな魔力を持っていたものの、まだ幼いため、魔法には属性がついていないという。

そんな属性魔法を持たない彼女が代わりに使っているのは、決められた言葉を唱えることによって操る呪文魔法。

呪文魔法は、属性魔法と比べて直感的に操ることができず、習得することもコントロールすることも難しいらしい。

だが彼女は、祖父である大魔族シバがリュイアのためだけに生み出した特別な魔導書によって、幾つかの安全な（戦闘に関わらない）呪文を習得した。なので、それを大事にしているとのこと。

属性魔法が扱えるようになるタイミングには個人差はあるものの、少なくとも大人になるまでには、自然と扱えるようになる日が来るのだという。

リュイアはその日を楽しみに待っているのだと、歩きながら教えてくれた。


というわけで、リュイアは今のところ非戦闘員だ。

まぁそんな事情を差し引いても、魔族とはいえ、あんな小さな子を前に立たせて戦うのはさすがに気が引ける。

「おら、相手はこっちじゃい。デカ空き缶ヤローめ」

再び近寄ってきたサンドバッグに、俺は雷球を放つ。

だが相手は、ボヨンと跳ねる動きで、それを簡単に躱した。

さらに追加で放った雷球もかるく躱され、距離をつめられる。

でかい癖に、なかなか動きがいい。

俺の前まできたそいつは、右へ左へ、軽くステップを踏むように跳ねたあと、狙いを定め、ボヨンと向かってきた。

その瞬間、体の奥から、力が湧き上がるのを感じた。

こちらの求めに応じて、魔力が、新たな属性魔法を囁く。

【雷剣《らいけん》】

右手に現れた雷は、短剣のような形をつくった。

突っ込んできた空き缶に、俺はその短剣を突き立てる。

手応え、あり。

カランッ、カランッ。

まるで、空き缶が転がったときのような音を立てて、空き缶の魔物は、その場に崩れ落ちた。

それからさらに二体の空き缶——二リットルペットボトルほどの小さいものと、俺の腰ぐらいまでの中くらいのものだった——を倒し、空き缶の群れに勝利を収めた。

「順調だな」とワンコさんが言う。

「順調だー！」ワンコさんの背に乗ったリュイアが声をあげた。

よかった。一応、役には立てているみたいだ。

「ケイタッ」とリュイアが言う。

「なに？」

「あ〜疲れたな〜って思ったりしない？」

「いや、疲れてはないかな」

魔物に近づいたり、攻撃を躱したりはしているが、長時間の激しい運動というわけでもなく、疲労感は少ない。

「あのね、魔力が少なくなったらね」

「うん」

「なんだか疲れたな〜、休みたいな〜っていう気持ちになっちゃうの」

「だからそういう気持ちになったら、すぐに言ってね！」

会社に勤めていた頃の俺かな？

なるほど。体力じゃなくて、魔力の確認だったのか。

「わかった」と俺は頷く。

「ふむ」とワンコさんが立ち止まる。

「ケイタ。魔力に意識を集中させてみてくれないか」

「えっ？」

「魔法を使うとき、力が出て来る感覚があるだろう」

「はい、なんとなくは……」

「ではその力に意識を傾けてみてくれ。これだけ自然に魔法が使えているのだから、魔力とのつながりは、もう十分に感じ取れるはずだ」

俺は言われたとおり、魔法を放つときの感覚に意識を集中させる。

すると脳裏に、湖のようなものが浮かんだ。大量の水がたぷたぷと揺れている。

その湖を、誰かが嬉しそうに覗《のぞ》き込んでいる。

湖の水面に映ったその人の顔が見えた。

少年だった。

見覚えのある子に見えたが、気のせいかもしれなかった。

君が、魔力さん？

俺が尋ねると、少年はくすりと笑い、そしてイメージは途絶えた。

俺は、自然と閉じていた目を開いた。

「どうだ？」

「自分の中にたくさんの水が……穏やかな湖があるみたいな感じ、ですかね」

「ふむ。魔力とつながったときのイメージは、魔法を使う者ごとにそれぞれ違うものらしいが……ケイタが抱くイメージの中では、おそらくその湖が魔力の象徴だろう。ケイタ、湖の水はどれくらいあった？」

「どれくらい……？　そうですね、まぁ、たっぷりあるなぁという感じ……でしたけど」

「……なるほどな。やはりそうか」

ワンコさんはふーっと鼻から息を吐いた。

可愛《かわい》い。

「む、どうして撫でるのだ。ケィタ」

思わず、もふもふしてしまった。

「ああ、いや。特に深い理由はないんですけど……嫌ですか？」

「別に嫌ではないが……」

するとリュイアも、ワンコさんの頭を撫で始めた。

「……話を続けるぞ。ケィタの魔力についてだが」

「ええ」

「おそらく今、かなりの量があるのだと思う」

「ああ、そうなんですか。へぇ」

魔力の量なんかより、ワンコさんの手触りの方が正直興味があるんだけど……。

「リュイア、シバから渡された杖を出してくれるか」

「あい！」

リュイアがポシェットから、あの物知りな杖を取り出す。

「私に振ってみてくれ」

「あい！」

リュイアが、ワンコさんに向けて杖を振る。

【獣の魔族じゃな。レベルは41、魔力量は218じゃ！】

それを聞いて、ワンコさんががっくりと項垂《うなだ》れる。思った値と違っていたのだろうか。

「じゃあ、リュイア。ケィタに振ってみてくれ」

「あい！」

リュイアが振ると、杖が語り出す。

【人間の魔族じゃな。レベルは2、魔力量は68297じゃ！】

おー。レベルは低くて……魔力は多い？

「決まりだな」とワンコさんが言う。

「レベルが低いのは、まだ魔法を使い始めたばかりなのだから当然だとして。しかし魔力量は……」

今の私の三百倍か……」

「それは……何かまずいんですかね？」

「いや。魔力量が多ければ、その分、多くの魔法を放つことができるから、あるに越したことはない。だが問題は、なぜケィタが、それだけ莫大《ばくだい》な魔力を抱えているのかということだ。原因はおそらく、リュイアにある」

「リュイアにあるの？」とリュイアは言った。

「ああ、おそらくな」

「どういうこと？」

ワンコさんはまたしてもふーっと鼻から息を吐いた。可愛い。

「ケィタに最初に会ったとき、私とリュイアの魔力を渡しただろう？」

「うん。そうしないと、契約できないからでしょ？」

「そうだ。だが、よーく思い出してみてくれ。我々を送りだす前に、シバはなんと言っていた？」

「うーん。リュイアたちと離れるのが寂しいって言ってた」

「……まぁ、孫大好きおじいさんだからな。でも私が言いたいのはそうじゃなくて、『魔力を渡すのは一部だけでいい』って話なんだ。少しでも我らの魔力を渡せば、人間は自分の体に眠っている魔力とのつながりを思い出す。そうすればあとは魔力がその人間に、魔法の使い方を囁くだろうって。シバは何度か説明していただろう？」

「言ってた！」

「うむ。それで、こうも言ったことを覚えているか？『魔力はたくさん渡したらだめ。そんなことをしたら、自分たちの力が落ちてしまうぞ』って」

「うーん、言ってたかなぁ……」

「言ってたんだよ。そして、我らがケィタに出会ったときだ。ケィタが我々のことを受け入れてくれて、魔力を渡せるような状態になった。リュイアは、リュイア自身と、私の魔力を渡してくれたな？」

「渡した！」

「どんな風に渡したか覚えているか？」

「リュイアとヴァンの魔力、いっぱい、いっぱい、あげるので、こっちの世界にいさせてくださいって！　……あっ！」

ワンコさんは今までで最も長く、フーーーッと息を吐きだした。

それから、俺の方を見た。

「そういうわけなんだ、ケイタ。リュイアと私の魔力は、予定よりもはるかに多くの量がケイタに渡ってしまった。リュイアは魔力の消費が少ない魔法しか使っていないからあまり支障はないが、私の魔法が露骨に弱くなっているのはそういう理由からだ」

「それって、俺の方から二人に戻すことはできないんですか？」

「戻せないだろうな」とワンコさんは言った。

「リュイアと私の魔力は、向こうの世界で事前に施してもらった、特別な契約魔法によってケイタに渡したものなんだ。少なくとも、私もリュイアも、そんな高度な魔法は構築できない」

なんと……。

なかなかにまずい気がする。俺が大量の魔力を持っているよりも、絶対、リュイアとかワンコさんが持っている方がいいはずだ。

「ヴァン、ごめんなさい……」

リュイアがしゅんとしている。

「いや。誰にでも間違えることはある。起こってしまったことは仕方ないさ」

ワンコさんの声は優しかった。

「それに、何も不都合なことばかりじゃない。我々の魔力があるから、ケィタはどんどん魔法を使うことができる。我々だって魔法を使ったり、魔物を倒したりすれば、その経験値で、多少なりとも魔力を取り戻ることができるだろう？」

「うん……」

「そういうわけだからケィタ。悪いが今の我々は、魔力的にも、それほど頼りになる存在じゃない。むしろ我々の方が、ケィタの持つ魔力に助けてもらう立場なんだ」

「ごめんなさい、ケィタ」

リュイア、そんな悲しい顔しないで……！

「俺にとってはむしろありがたいよ、リュイア」

俺は努めて明るい声で言った。明るい声を出し慣れてないために、変なキャラクターの声みたいな感じになってしまったのは気にしない。

「どうして……？」

「リュイアとワンコさんがくれた魔力のおかげで、たくさん魔法を使わせてもらってる。なんか……すごく、楽しいよ。リュイアも言ってたけど、魔法ってすごく楽しいものなんだね」

「ほんと？」とリュイアは、不安げに言う。

「うん。本当だよ」

「えへへ。そっか」

涙のにじむリュイアの瞳が、きらきらと光った。

「じゃあ、先に進もうか」

「うん！」

ワンコさんが、こちらに目配せした。

「リュイアのことを気遣ってくれてありがとう」という意味合いだろうか。

俺は眉をあげて、頷いた。

◆◆◆

ダンジョンをさらに奥へと進む。
次なる魔物が、俺たちの前に現れた。
「リュイア、ケイタ。来るぞ」
ワンコさんが言った直後、
キキキキキキ……。
キキキキキキ……。
不気味な声が、ダンジョンに響いた。
悪魔のような声だった。
俺は身構えた。

蜘蛛、本、空き缶。

次なる魔物は、なんだろう。

この鳴き声は、たとえばこの世界の何に似ているだろうか。

だがその姿は、俺の想像とは全く違うものだった。

あれは……。

「ゴブリンだな」とワンコさんが呟いた。


緑の皮膚に、ぎょろりとした目。手には各々、こん棒のような棒切れを持っている。

これぞファンタジー世界の住人という見た目をした魔物だった。

大きさは俺の腰ほどの高さ。数は二体しかいなかった。


「あの魔物、結構強そう？」

リュイアに尋ねると、彼女は張り切って杖を振ってくれた。

【小鬼の魔物が二体。脅威度は★★《ほしふたつ》じゃ】

手強《てごわ》さは、これまでの魔物とそれほど違いはないように思える。

「二体いるからな。多少は厄介かもしれん」とワンコさんが言った。

「攻撃はあのこん棒みたいなやつで？」

「ああ。我ら魔族と違って、魔物が何らかの攻撃魔法を使ってくるとしたら、脅威度が3を超えたあたりからだろう。そうでなければ、基本は物理攻撃一本と思っていい」

「わかりました」

キキッ。

キキャ、キキャ。

「どうした、ケイタ?」

「できるとこまで……俺ひとりで戦ってみてもいいですか」

「ふむ」ワンコさんが俺の顔を見る。

「わかった。危険を感じたら、引いてくれ。すぐに援護する」

「お願いします!」

「ケイタ」リュイアが言う。

「気をつけてね!」

「うん」

俺は一歩前に出て。

【雷剣】

右手に現れた白い雷を掴む。

リュイアとワンコさんの魔力が、今の俺の中に。

意識を集中させてイメージすると、短剣ほどだったその大きさが、木刀ほどへと変化する。

よし。

ゆっくりと走り出す。

キー！

キキー！

二体の小鬼たちが、興奮した猿のような声をあげる。

勝負だ、ゴブリンども。

俺は手に持った、ソードを構えた。

先に走ってきた一体が、喜々として、手に持ったこん棒を振り上げる。

バチッ！

ソードでこん棒を受ける。激しい音とともに、こん棒を弾くことに成功する。

敵の、驚く顔。

がら空きになった腹を、左から右へ。

「ギッ！」

一体目が倒れる。

そのまま横に体を流すと、二体目のゴブリンが振り回すこん棒がすぐさま向かってくる。

バチッ！

斬り合う。

バチッ！

また斬り合う。

体の中で、魔力が踊っている。
必要な動きが、直感的にわかる。
踏み込み、
バチッ!!
「ギッ！」
下から斬り上げると、敵のこん棒が吹き飛ぶ。
踏み込み、構える。
バチッ！
右上から、左下へ。
「ギギッ!!」
二体目も、地面に崩れ落ちた。

「ケイタ、すごい!!」

リュイアが駆け寄ってきて言った。

「二人からもらった魔力があったからね」

俺が笑いかけると、リュイアも弾けるように笑った。

多少は、彼女が気にしていたことを取り払えただろうか。

その後も探索は、順調に続いた。

俺はワンコさんの魔力温存のためと、それから俺に多量の魔力を渡してしまったことをリュイアが気にしないで済むようにと、積極的に魔法を使い続けた。

魔法は、使えば使うほど、うまくなっていく実感があった。

カミナリ球は速さを増し、雷剣も、ダガーのような短剣からショートソード、大振りな大剣まで、思うままにサイズを調節することができた。

戦闘中の体は、自分のものとは思えないほどスムーズに動いた。頭で瞬時に思い浮かべた動きが、いとも簡単に形になる。

「魔力の助けをうまく引き出せているのだろう」とワンコさんは言った。

リュイアに杖でたしかめてもらうと、魔力量に多少の減りは見られたが、俺のレベルは順調に4まで上がっていた。レベルが上がるほど、魔力をうまく活用できるようになり、使える魔法の種類も増えるそうだ。


どれほど進んだだろうか。


「ケイタ」

ダンジョンの奥に目を向けるワンコさんの声が尖っている。

キキャ、キキャ。

キキャ、キキャキキッ、キキャ。

キキャ、キキャ、キキッキキッ。

ゴブリン、ゴブリン、またゴブリン……。何十体いるだろうか。

「前、行きます。リュイアのこと、頼みますね」

俺はワンコさんに告げた。

「わかった。後方から援護する！」

キキキキキキキキキキキキキキャー!!!!!

とんでもない大合唱だ。

【雷球】！

右手から放った球が、ゴブリンの群れの中に突っ込んでいった。

【雷球】！

キキー！

【雷球】！

キキッ！　キェー!!

次から次へ、カミナリ球を放ち続ける。

ワンコさんも、俺の横にずれて、火を放ち続けた。

すごい数だ……！

球を素早く撃ち続け、それでも近づいたものは、雷剣を振り回して仕留める。

瞬間、瞬間で、状況判断を求められる切迫感はある。

だが、頭の中に恐怖はなかった。

雷球を飛ばすたび、雷剣を振り抜くたび、ゴブリンを仕留めるたび。

腹の底から湧き上がる大きな力、その無尽蔵さがひしひしと感じられた。

圧倒的な万能感。

自分が思い描いたとおりに、雷球が、雷剣が、敵を打ち倒す。

押し寄せて来るゴブリンは口々に叫んでいるはずなのに、その音が全くうるさく感じられなかった。

魔力が、魔法が、自分の手となり、足となる。

ああ、自由だ。

魔法とは、こんなにも自由で、可能性に満ちたものなのか。

はぁ、はぁ、はぁ……。

唾を飲み込む。

意識を集中させる。

自分の腹の底にある湖は、変わらずたっぷりとした水を湛《たた》えている。

魔力が減っている感覚はまるでない。

だが、さすがに息は上がっていた。

ふぅー、はぁー、ふぅー……。


「ケイタ！　見て！」

「ん？」

振り返ると、リュイアの小さな手にこんもりと魔法石の山ができていた。

「全部、集めた！　すごい量!!」

「うん」

リュイアは大事そうに、魔法石をモンスターのポシェットの中にしまった。

「ケイタ」

「ん？」

「ありがとぉー！」

角の生えた魔族の子は、俺に飛びついてきた。

「どういたしまして」

戦闘による疲労は、心地よい達成感へと変化した。

「リュイア！　ケイタ！」

ワンコさんが、興奮した様子で走り寄ってきた。

洞窟の少し先の方へ行っていたらしい。

次の魔物が現れたのだろうか。

「どうしたの？」とリュイアが尋ねる。

「来てくれ。こっちだ！」

ワンコさんが、軽快な足取りで進んでいく。

尻尾をぶんぶん振っているところからすると、どうやら嬉しいことがあったらしい。

たどり着いた場所は……行き止まりだった。

それ以上先に道が続いていない。

そして目の前には、今までに魔物を倒したときのような小さな魔法石ではなく、大きな輝く石があった。

「これは……？」

「ダンジョンコアだ」ワンコさんが興奮気味に語る。

「このダンジョンのマナの源だ。つまり我々は、ダンジョンの最奥部までたどり着いたということだ」

「おお……」ゴールしたってことか。

魔物は何体も倒したけれど、意外と長くはなかった気がする。

「ケイタ、本当によくやってくれた。最初は魔法石を集めるだけでもと思ったのだが、まさか最後までたどり着けてしまうとは」

ワンコさんの声が弾んでいる。

「良かったです。力になれて」

魔物を倒した甲斐《かい》があった。もちろん、二人から受け取った魔力あってのことだけど。

「きれーい……」リュイアは、コアに見入ったまま、囁くように言った。

「これを壊すんですか？」

「ああ、そうだ。破壊すれば、このダンジョンは崩壊する。これが我々に与えられた役割というわけだ」

ワンコさんは、俺の顔を見て続けた。

「それじゃあ、壊したいのだが……ケィタ」

「はい」

「このコアだが、我々のどちらかで、破壊しても構わないか？」

「えっと……俺は構わないですけど……何かあるんですか？」

「いや。ここまで来られたのは、間違いなくケィタのおかげだからな。本来ならば、ケィタがこれを破壊するのが筋だと思う。だが……正直に言えば、我々は今、喉から手が出るほど、魔力が欲しい。ケィタに渡した分で、自分たちの力が落ちてしまっているからだ」

ああ、なるほど。

「このコアを破壊すれば、魔力が増えるんですね？」

「そうだな。コアを破壊した者は、魔法を使ったときや、魔物を倒したときとは比べ物にならないほどの経験値を得ることができる。レベルも上がるが、何より魔力量が大きくなる。だが、コアを破壊することができるのは一人だけなんだ。したがってダンジョンコアを破壊することは、そのダンジョンを制覇した者の特権だと言われている。何度も言うが、ケイタの力なくしては我々はここまで来ることができなかった。最終的には、ケイタが判断して欲しい」

「じゃあ、二人のどちらかが破壊してください」

俺が即答すると、ワンコさんが呆然《ぼうぜん》と言った。「……いいのか？」

「もちろん。俺は二人からもらった魔力を返せないみたいですしね。リュイアとワンコさんのためになるようにしてください」

「……かたじけない」

「いえいえ」

「どうする、リュイア」とワンコさんが話を振った。

「リュイア？」

ダンジョンコアの光に魅了されていたリュイアが、はっと顔をあげた。

「ヴァン、なにか言った？」

「ケイタがダンジョンコアを譲ってくれた。リュイアと私のどちらかで破壊してもいいって」

「ケイタ、いいの!?」

リュイアが目を丸くする。

ダンジョンコアを壊すのって、そんなに魅力的なものなのだろうか。

「うん。どうぞ、どうぞ」

「ほんとに……ほんとにいいの？」

リュイアはなおも、尋ねてくる。

「いいよ。リュイアとワンコさんのどっちかで壊して」

「ケイタ、いい人……！　ありがとう……!!」

「あはは。どういたしまして」

「どうする、リュイア。どちらが破壊する？」

「うーん、ヴァン、破壊したい？」

「そりゃあまぁ……」

「ケイタ、どっちが破壊したらいいと思う？」

「うーん、どっちだろう……？」

よくわからない……俺は別にどっちでもいいと思うんだけど。

沈黙。

俺は仕方なく、提案した。

「じゃあ、じゃんけんで決めるのはどうかな」

「じゃんけん？」とリュイア。

「うん。じゃんけん」

俺はじゃんけんについて説明した。

グー、チョキ、パーで勝負を決する、単純明快にしてわりと便利なゲームだ。

「ふむ、三すくみか」

あっ、そうです。三すくみです。

「ワンコさん、手、使える？」

「いや……私はどうかな」

ワンコさんが前脚をあげる。肉球かわいい。

俺は、さも必要がある行為のように、それをぷにぷにした。

そして言う。

「たしかに、これじゃあじゃんけんは難しいかも。代わりに俺がワンコさんの手を出してもいいですか？」

「ふむ。それはいい。よろしく頼む、ケイタ」

「わかりました」

「ケイタ、チョキ、これで合ってる？」

リュイアが、小さな手で指を曲げる。薬指とあわせて、三本の指が立っている。

「こうだね」と俺は薬指を曲げた。

「できそう？」

「うん」

リユイアはチョキの練習を何度も念入りにしていた。

「……」

チョキ出しそうだな……。

「よし。二人とも。じゃんけんで決まったことは、後から文句を言うのはなしだからね。ワンコさん。俺が負けても、責めないでね」

「わかった。どのような結果になったとしても、心してそれを受け入れよう」

いや、そんな重い感じじゃなくてもいいんだけど。

「リユイア、できそう？」

「うん！」

「まずは、『最初はグー』からね？」

「わかった！」

「よし。では、いきます」

光り輝くダンジョンコア。

腹を決めたという達観の表情で見守る白き獣。

そして人生初のじゃんけんを前にして、緊張の面持ちを浮かべる魔族の子。

洞窟の壁に、俺のかけ声が反響した。

「最初は……」

「グー！」

「じゃんけん――ぽん！」

リュイアはやっぱりチョキ。

俺は――パー。

「ええと、ケィタ、パーだから……」

「おめでとう。リュイアの勝ちだよ」

「ほんと！！？　リュイア、かったの？」

「うん」

「やったー!!」

リュイアが、両手をあげて喜んだ。

どちらの手も、薬指がうまく曲げられていないチョキの手だった。

グーとかパーとかの方がやりやすいだろうに、チョキを選ぶリュイア。

ちょっと中立とはいえなかったかもしれないけど、一生懸命チョキを練習する子に対して、グーを出すことはできなかった。

ごめんよ、ワンコさん。

ワンコさんは、ふーっと息を吐いた。

「我々の負けだ。リュイアよ、心置きなくダンジョンを破壊するがいい……！」

ワンコさん、決闘に負けた騎士みたいだ。

「えへへ、ありがとう！」

リュイアがダンジョンコアの前に行く。

そしてそれを持ち上げた。

「うわぁ……！」

ダンジョンコアは、リュイアが持ち上げたことに応えるように七色の輝きを増した。

経験値とか、自分の魔力を大きくしたいとか思わない俺でも、なぜか魅了されるものがある。

大量の金塊を前にしたときのような……なんだか、危ない魅力を持った石だ。

リュイアが、目をつぶった。

さて、どんな魔法でこれを破壊するのだろうか。

そしてリュイアは、ダンジョンコアを自分の頭上に持ち上げる。

「ていっ！」

普通に、叩きつけたー！

めちゃくちゃ物理攻撃だったー！

バキッ！

割れたー！

パキパキパキ……。

ダンジョンコアにヒビが入る。

バキンッ！

そして真っ二つ。

するとコアから、小さな光の粒があふれ出した。そしてそれが、リュイアの体の中に吸い込まれていく。

全ての光が吸い込まれると、コアは光を失い、どんどんと黒くなっていった。

「コアさん、ありがと」

「これで……完了？」

「ああ」

ゴゴゴゴ……。

俺は振り返った。

ゴゴゴゴゴゴ……。

俺たちが歩いてきた方——洞窟全体から、唸りをあげているような音がする。

「コアは破壊された。このダンジョンももうじき崩壊するだろう」とワンコさんが冷静に言う。

「じゃあ、脱出しないと！」

俺は来た道を指差して言う。入って来た穴まで、急いで戻らなくては。

「いや、こちらから出られるぞ」とワンコさんはコアの方に向き直った。

「……！」

破壊され、光を失ったコア。それは黒い液体のようになり、そして——黒い穴となった。

「ここから出られるの？」

「ああ。入ってきたのと、全く同じ場所にな。行こう」

地上に出たいのに、さらに下に開いた穴に潜るというのは、これいかに。

だが、そんなこと、もはや何の気にもならなかった。

ダンジョン、魔法、そして魔物。

この数時間で、物理的に、常識的にありえないことなど幾らでも見てきたのだ。

その中でたしかに信じられることがあるとすれば——リュイアとワンコさんのことだけだ。

俺たちとは違う、ファンタジーな理《ことわり》を持った世界からやってきた魔族たち。

郷に入っては郷に従え……ではないが、このダンジョンにあっては、彼らの理に従うのだ。

ゴゴゴゴゴゴ……。

ゴゴゴゴゴゴゴゴゴ……。

断続的に聞こえる地響きのような音が、にわかにその大きさを増してきている。

「先に行くぞ」

ワンコさんが、軽やかに穴の中に飛び込んだ。

沼のような黒い液体に飲み込まれると、ワンコさんの姿は見えなくなった。

リュイアが、俺の手を引いた。

「ケイタ、行こう！」

「うん」

リュイアと一緒に、俺もその穴の中に飛び込んだ。

未知のものに対しての抵抗がなかったわけではない。

だが俺のちっぽけな常識や日常を超えた彼らの存在や言葉を、俺はようやく信じられるようになっていた。


これは夢でも、幻覚でもない。

何の変哲もなかった俺の現実世界に現れた、奇妙だが圧倒的な、異世界の現実なんだ。


暗くて、何も見えなくなる。

でも俺の左手には、ずっと小さな手に握られている感覚があった。

そうして視界の闇は晴れる。

目を開けるとそこは——俺のよく知る、地上の世界だった。

先に出たワンコさんは、先ほどまでの大きな獣の姿ではなく、大型犬くらいの大きさに戻っていた。

「リュイア」と犬サイズのワンコさんが言った。

「あ、うん」

リュイアがぎゅーっと目をつぶると、彼女の二本の角はスポンと頭の中に消えた。

もう俺は、何を見ても驚きそうにない……(フリではなく)。

ワンコさんが、俺を見上げた。

「改めて礼を言わせてほしい、ケイタ」

「いえいえ」

俺は、ワンコさんに目線を合わせて言った。

「ケイタ」リュイアがにこにこと笑いながら言う。「ありがとございました！」

「こちらこそ」

常識的には考えられないような体験だったけれど、終わってみると、色々と楽しかった。

ダンジョンに魔法、異世界から来た奇妙な二人組。

うんうん。

俺の人生はこれからも平凡なものだろうし、一度くらい、こんな不思議な体験があっても悪くないだろう。

「二人はこれからどうするの？」

「ふむ。どうする、とは？」

「ほら、ダンジョンコアも破壊できたことだし、役目を終えたから、元いた世界に戻るんだよね。この後は、魔法を使って帰るの？」

正直、名残惜しいから、もう少し一緒にいたいという気持ちはある。

だがリュイアは向こうの世界で、おじいさんが待っていると言っていた。

いつまでもこの小さな子とワンちゃんを引き留めるわけにはいかない。

魔族のおじいさんが、今か今かと二人の帰りを待っているのではないだろうか。

するとリュイアとワンコさんは顔を見合わせた。

そしてリュイアは言った。

「ううん。一つじゃ帰れないの」

「……え？」

ワンコさんが悔しそうに唸る。

「ケイタ、やはり私の説明は、重要な部分が抜けていたようだ」そして言った。「我々が破壊しに来たダンジョンは、一つじゃないんだ」

「じゃあ……幾つ？」

「シバからは、最低でも1000のダンジョンを破壊するように言われてきた。あくまで目安だが、それくらいの数のダンジョンを破壊する頃には、私もリュイアも一人前の魔族として、向こうの世界に帰るための必要な力がついているだろうって」

「へー、千か。えっ、1000!?」

驚いちゃった……。

え、千？　1000!?

「ああ。それくらいの覚悟を持って、ことに当たれとのことだ」

「えっと、じゃあ……これからどうするの？」

「この世界で暮らします！」リュイアが両手をあげて言った。

「えっと……この後のあては？」

ワンコさんが、唸るように言う。

「……ない」

「……なるほど」

その場に流れる沈黙。

気まずそうに、二人はうつむいている。

「あの……とりあえず俺の家、来ますか」

リュイアとワンコさんは顔を見合わせた。

「いいのか？」とワンコさん。

「うん。とりあえずここにいてもあれですしね」

少女はほっとしたように笑った。

「ケイタ、ありがと！」

「ケイタ、何から何まですまない……」

「いえいえ。じゃ、行きましょうか」

「うん！」


我ながら、断れない性格だなぁと思った。

もちろん、それが良くないことだともわかっている。

自分ができそうもないことに「できます、やります」と答え続けるとどんな目に遭うのかは、社畜だったときに嫌というほど学んだ。

それはただ自分の首を絞めるだけの行為で、だからこそそんな自分から脱却しなければと、無理やり仕事を辞めたはずだった。

でも今は。

嫌々仕事を引き受けていたときとは、まるで違う気持ち。

１０００のダンジョン、か。

もし彼らと一緒に、これからもその探索を手伝うとしたら。

俺の人生には、どんなことが待っているのだろう。


「ケイタ！」

「ん？」

振り返ると、いつの間にか、自分とリュイアとの間に距離ができていた。

リュイアがとっとっとっと、小走りで寄って来る。

「ごめんなさい」

「いや、ごめん。歩くの早かったね」

俺が謝っても、リュイアは不安そうな顔をしたままだった。

彼女にとって、ここは自分が生まれ育ったのとは全く別の世界。

しかも、頼れるワンコさんがいるとはいえ、本当に、二人ぼっちなのだ。

「もう少しなんだけど、歩けそう？」

俺が左手を差し出すと、彼女は右手で、それを握った。

「うん。リュイア、歩けるよ」と、力強く頷く。

「よし」

俺は笑って、頷いた。

一人で歩くとき、「何かに急《せ》かされているみたいだ」と感じるほどの歩速が、いつの間にか癖になっていた。

それに気をつけながら、俺はゆっくりとリュイアの歩幅に合わせて歩き始めた。

「ワンコさんは大丈夫ですか？　もう少しで着くんですけど」

俺の右隣を、ワンコさんがとことこと歩く。

「ありがとう、ケィタ。私は平気だ」

「よかったです」

「それと、ケィタ。一つ言っておきたいんだが」

「なんですか？」

「私の名前はヴァン・コ・ロイフォンテと言うんだ。魔法で言葉を合わせているからか、どうもケィタが、ワンコスァ……と、違う風に呼んでいるみたいに聞こえてな」

「ああ、ごめんなさい。ええと、ワンコロ、エフォテ……というのが長いから、短く呼ばせてもらってたんです」

「ああ、そうか。短くして呼んでいたのか。それならば、ヴァンと呼んでくれ。それが私の愛称なんだ」

「ワン？」

「ヴァンだ」

「ヴァン」

「おお、それだ！　そう呼んでくれ」

ワンコさんは、嬉しそうに尻尾を振った。

あまりにも嬉しそうな様子がおかしくて、ちょっと笑ってしまう。

いや、自分の名前に誇りを持っていることはいいことだな。

「ヴァン」

「ふむ。そうだ、ヴァンだ。それから、丁寧な言葉は使わなくてもいいぞ」

「そうですか？」

「ああ。そちらの言葉ではどうかわからないが、こちらには、すごく堅苦しく、よそよそしく聞こえる。ケイタとリュイアと私は、今や、同じダンジョンに潜った仲間だからな」

「ありがとう。じゃあ、こんな感じで話させてもらうのでいいかな」

「うむ！　よそよそしくなるでないぞ」

「わかった」

リュイアが俺の手を握り、ゆらした。

「ケイタ、仲間！」

「うん」

「ケイタとリュイアとヴァン、仲間！」

リュイアは嬉しそうに、何度も繰り返した。


そうして俺は、一人と一頭とともに家路を進んだ。

いつもよりずっとゆっくり歩いているはずなのに、その時間は、とても短く感じられた。

断れない性格、か。

左でころころと笑うリュイアと、右で、リズムよく歩くヴァンを見ながら俺は思った。

まぁそんな性格も、たまには良い方に働くことがあるのかもしれない。

◆◆◆

「ここがケイタのおうち？」

「うん、そうだよ」

賃貸だけどね。

「へぇ……！」

それほど大きくはない、二階建ての一軒家。

俺が小学生の頃、父親の仕事の都合で越してきてから、家族で住み始めた家だ。

田舎だし、築年数がそこそこだから、家賃はアパートと変わらぬほどに安い。

両親が他界してからは俺一人になったが、住み慣れた家をわざわざ移る気にはなれず、空いた部屋を持て余しながらも住み続けていた。

扉を開け、中に入る。

「ただいま」

いつものように俺は言った。

「誰かいるの？」

リュイアが驚いたように言う。

「いや。誰もいないんだけど、帰ってきた時にはつい言っちゃうんだ」

「リュイアたちのおうちでは、誰かがいるときだけ言うから違うね」とリュイアは笑った。

「そっか」

「うん。ただいまー！」リュイアが、家の中に向かって言う。

「ただいま」とヴァンも言った。

「はい、どうぞ」

「ありがとう！」

「ありがとう、ケイタ」

居間に招き入れると、二人にはオレンジジュースを出した。

どこでもらったかは忘れたが、結構前に何かの景品でもらった果汁１００％の缶ジュースが二本だけ残っていた。

賞味期限は切れていない。

ヴァンは、「人間が食べられるものは、自分たちが食べても問題ないと教わったぞ」と言ったが、「念のため、食べられるかどうか確認してもよいか？」とも言った。

魔族にとって、食べられるものとそうでないものを区別することは、最も基本的な能力の一つなのだという。

自分の中の魔力に問いかけて、それをたしかめるのだそうだ。

「もちろん」と俺は頷いて、彼らにそのジュースを出した。

ヴァンはオレンジジュースのにおいをくんくんと嗅いだ。

リュイアも、オレンジジュースの入ったコップを眺めては、目をつぶり、唇を尖らせて、何か呟いている。

魔力さんに尋ねているのかもしれない。

それから納得したように、二人は顔を見合わせうんうんと頷いた。

「ふむ、問題ない。頂いてもよいか？」

よかった。食べられるらしい。

「どうぞ」

「いただきまーす……」

コップを慎重に持ち上げて、リュイアはオレンジジュースに口をつけた。

「！」

飲むなり、彼女は目を丸くする。

「飲めそう？」

「おいし！」とその瞳を輝かせた。

「よかった」俺は笑った。

「本当に美味しい」とヴァンも言う。「レンドーラのしぼり汁みたいだな」

「レンドーラ？」

「私たちの世界にあった果物だ。貴重な果物だったから、村の祭りのときくらいしか口にできなかったが」

「へぇ」

彼らが住む異世界の村では、どんな生活が営まれているのだろう。

「そうだ。これからのことなんだけど」と俺は言った。

「ああ」とヴァンは申し訳なさそうに言った。「先ほど言った通り、我々にはあてがないのだ」

「ダンジョンコアを１０００個破壊する必要があるって言ってたよね」

「うむ」

「それを壊すまでは、こっちの世界でどうやって生活するつもりだったの？」

「はっきりと考えていたわけではないが……基本的にはダンジョンの中で生活するつもりだったな」ヴァンは言った。「今日行ったのは、力の弱い魔物しかいないダンジョンだった。だがより強い者のいるダンジョンでは、肉体が残る魔物たちもいるんだ。それを食べる。そうやって生活しようと思っていた」


まさかの狩猟生活……。

何から何までお金で買って生活している現代人からすると、かなりハードルが高そうではあるが。


「あとは、ダンジョン街だな」

「ダンジョン街？」

「ああ。魔族が集まって、ダンジョンで得た物を売り買いしたり、情報を交換したりする場所だ。ダンジョン街はどこの世界にもあるものだが、この世界にもちゃんとあるらしい。そこで必要なものを揃《そろ》えようと考えていた」

「なるほど……」

なんだ、同じ魔族たちがいるような場所があるのか。なら彼らも、その人たちと合流すれば何とかやっていけるのかもしれない。

「だが現状、我々の魔力は小さい。ダンジョンで魔物を倒していれば、その間に力を取り戻すだろうが……可能ならば、ケィタにはこれからも、ともにダンジョンに潜って欲しいのだ。もちろん無理にとは言わない。ケィタには、我々の魔力を受け取る契約を結んでくれただけでも、ものすごく感謝している。この世界の住人であるケィタとの結びつきができた以上、あとは我々だけでも、この世界で暮らしていくことは可能だからな」

「そうなんだ」

「ああ」

リュイアの方を見ると、空になったコップに、じっと視線を落としていた。

「わかった」俺は頷いた。「そうだね……いつまでできるかはわからないけれど、俺にできるところまでは協力させてもらうよ」

するとリュイアは、ぱっと顔を上げた。

「いいの？」

今は運がいいことに（？）、失業中だから時間はあるけれど。でもまた会社に勤め始めたら、彼らにどこまで協力できるのかは不明だ。

彼らとダンジョンに潜るのは刺激的だったし、達成感もあったけれど……俺が何らかの職につくことを考えると、彼らには自立してもらう方向で考える方が現実的に思える。

「うん」

「ありがと、ケイタ！」

リュイアがほっとしたように笑った。

「でも二人が１０００のダンジョンコアを破壊するまでずっと……というのは、正直難しいかもしれない。なのでひとまずは、リュイアとヴァンがこっちの世界に慣れて、ダンジョンで本来の力を取り戻すまで、という感じでも大丈夫かな」

「ああ、もちろんだ……！」とヴァンは言った。

ダンジョン街というところにいけば、他の魔族の人たちもいるようだし。

とりあえず、彼らがこの世界で途方にくれないくらいには、協力したい。

「ありがとう、ケイタ。無理を言ってすまないな」

「いえいえ。じゃあとりあえず、この家に住んでもらう感じで大丈夫かな」

「そうさせてもらえるとありがたい」

「わかった。じゃあこの家のこと、簡単に説明するね」

「お願いします！」

俺はリュイアとヴァンに、この家のことを一通り説明した。魔法のある世界から来た人たちだから、蛇口や家電の説明は難しいかと思ったが全くそんなことはなかった。

リュイアとヴァンは、言葉こそ知らなかったものの、来る前に色々と、こちらの世界について教わってきているらしい。

また、彼らの世界にも、魔法石を原動力にして動く魔道具というものが多くあるらしく、水が出る蛇口も、スイッチを押せば光る照明も、使い方を覚える必要はありそうだが、理解することは難しくなさそうだった。


「これからどうしようか」

「ケイタはどうするのだ？」

時刻はすでに二十一時を回っていた。

仕事を辞めてからの俺は、昼夜逆転気味の生活を送っていたけれど、今日は色々なことがありすぎて、すぐにでも眠れそうなくらい疲れていた。

「お風呂に入って、ご飯食べて、寝るって感じかな」

「そうか。我々とあまり変わらないな。我々も夜になったら水浴びをして、食事を食べて、眠るのだ」

「そっか。お風呂、使う？」

コンビニへ向かう前に、俺は風呂にお湯を張っていた。ダンジョンに三時間ぐらい潜っていたから多少は冷めているかもしれないが、そこまでではないだろう。

「いいの!?」とリュイアが目を輝かせた。

「うん。さっき説明したから、だいたい使い方はわかるかな」

「うん！」

「ふむ。では、リュイア。ケイタのお風呂を借りるといい。お風呂からあがったら、今日とってきた魔法石を使って、私を綺麗にする魔法をかけてくれ」

「だめ！　ヴァンもお風呂に入るのよ」
するとヴァンが、たしなめるように言った。

「落ち着きなさい、リュイア。リュイアはもう五歳で、立派な魔族だな？　最近はちゃんと、水浴びも一人でできるようになった」

「うん、そーだよ？」

「よし。じゃあ一人で行ってきなさい」

「ヴァンは？　リュイアの後にちゃんと入るの？」

「私はほら……そんなに汚れてないから……」

「だめ！　ダンジョンに行った日は水浴びをするの！」

お母さんのように、ヴァンを叱りつけるリュイア。

「ぐぬぬぬぬ……」と唸るヴァン。

「ケイタ」とリュイアは俺の方を見た。「お風呂使わせてもらうね」

「うん。着替えの服はある？」

「持ってきてるよ。それに、リュイア、服を綺麗にする魔法、知ってる。だから大丈夫！」

「わかった。体を拭くのは、タオル使っていいからね」

「あい！」

「じゃあいってらっしゃい」

「いってきまーす！」

「ふむ。また後でな、リュイア」

「ヴァンも行くの！」

頑《かたく》なに水浴びを拒否しようとするヴァンを引《ひ》き摺《ず》るようにして、リュイアは風呂場へと向かった。


さてと。

俺は冷蔵庫の扉を開けた。

お風呂に続く廊下からは、すぐにリュイアの楽しそうな笑い声が聞こえてきた。


「ただいま！」

二十分ほどで、お風呂からリュイアが上がってきた。

服は、彼女がポシェットの中に入れて持ってきたというパジャマに着替えていた。

どこにその服が入るのだ……？　と思うほど、リュイアの持っているモンスターを模したポシェットは小さかったが、聞くと、魔法の力を利用して多くのものが収納できるのだという。

「ガフガフちゃんっていうの。かわいいでしょ？」

リュイアは嬉しそうに、名前をつけたそのモンスターポシェットを紹介してくれた。

「うん、そうだね」と頷いたが、そのモンスターが可愛いかどうかは……まぁ、人によって意見が分かれるかもしれない。

「この中に物が入ってて……」とリュイアは、モンスターの頭部分にあたるポシェットの開き口から魔法石をひとつ取り出す。

「それで、ここから魔法石を食べさせてあげるの」

「えっ」

リュイアがポシェット側面の、モンスターの口に魔法石を当てると、先ほどまで普通のポシェット然としていたガフガフちゃんが、生き物のようにもぐもぐ口を動かして魔法石を食べてしまった。

「お腹が空くとね、怒って、物を入れてくれなくなるの。だからたまにね、食べさせてあげるんだ」とリュイアは教えてくれた。

「そ、そうなんだ……」

実に奇妙な魔法アイテムだ。


そんなリュイアはしっかり髪まで洗ったようで、さっぱりしている。

その後ろから、全身の毛がぺたんこになっているヴァンが戻ってきた。

放心状態。よほどお風呂のことが嫌いらしい。

「髪、乾かす？」と俺はリュイアに聞いた。

「ううん、いいの。髪は自然に乾くから、魔法石がもったいないの」

魔法石……髪を乾かすにも、魔法なのか。

「リュイアよ……」とヴァンが言う。「私だけでも乾かしてくれないか……」

「そのままじゃいや？」

「私が私じゃないみたいだ……」

もふもふさんが、自身のアイデンティティーを見失いかけている。

「じゃあ、魔法石、使おっか」とリュイアが言った。

「すまない……」

「あ」と俺は気が付いた。「ちょっと待って」

俺は洗面所にいって、道具を取って来た。現代日本が誇るお役立ちアイテム、ドライヤーだ。

コンセントをさし、電源を入れる。

「なに、これ!?」とリュイアが食いついた。

「ここから、温かい風が出てるんだよ。こっちの世界では、この道具で髪を乾かすんだ」

「ほう」とヴァンが、興味深そうに目を細めた。

風をあてると、リュイアはきゃっきゃっと笑った。

「ヴァン、気持ちいいよ！」

「ふむ」ヴァンがのそのそと俺の前にやってきた。

「ケイタ、よろしく頼む」

「うん」

俺は、ヴァンの毛にドライヤーをあてた。

「熱くない？」

「平気だ。火には強いからな」

水には弱いんですね……とは言えない。リュイアに引き摺られながら風呂場へ向かっていたヴァンを思い出し、噴き出しそうになる。

「どうしたの、ケイタ」

リュイアが不思議そうな顔で俺を見た。

「ううん、なんでもないよ」

俺は、ヴァンの毛を撫でながら、ドライヤーで乾かす。

水分が飛ぶまでに、それほどの時間はかからなかった。

ヴァンの毛は熱を帯びると、すぐにさらさらから、ふわふわへと変わった。


「こんな感じかな？」

「ケィタ……」ヴァンが、俺の目を見て言った。

「よくぞやってくれた……！」

「ぷっ……あ、いや。それは良かった」

濡《ぬ》れた状態が、よほど嫌だったらしい。湿っている部分が残っていないか、軽くたしかめる。

もふもふだなぁ……。

撫でていると、すぐに目的が変わってしまった。

「ケイタ」リュイアがとんとんと俺の肩を叩く。

彼女は、自分の髪の毛を指差して言った。

「リュイアのも、乾かせる？」

「あっ、ごめんね」

もふもふさんに夢中になりすぎていた。

「どうぞ」

「お願いします！」

リュイアが、俺の正面に座る。

顔を向かい合わせる形で座ったので、俺はまず、正面から乾かせるところを乾かすことにした。

「熱くない？」

「熱くないよ！」

前と、横を乾かすと、「じゃあ、後ろ向いてくれるかな」と伝える。

「はーい！」

彼女が後ろを向く。

俺はヴァンのときと同じように、リュイアの髪を乾かした。

ダンジョンで角が生えていたはずの部分は、特に何の違いも感じられない。

あの角が生えた姿を見ていなければ、魔族の子供であるとは思えなかった。

「はい、乾きました」

「ありがと、ケイタ！」

「はい。じゃあ、ご飯つくったから、一緒に食べようか」

「え、何かつくったの!?」

「うん。二人がお風呂に入ってる間に、軽くだけどね。食べられるかどうか、確認してくれる？」

「はーい！」

「了解した、確認させてもらおう」

毛が乾き、元気を取り戻したヴァンが言った。


「わぁ……！」とリュイアが目を輝かせる。

俺が作ったのは、豚肉の生姜焼《しょうが》き。

生姜焼きの下には、刻んだキャベツをしいている。

あとは炊いていた米。幸い、いつも夕食前には次の日の朝・昼まで食べられるようにと多めに炊くので、三人でも量は十分だ。

それからきゅうりの浅漬け、インスタントの味噌汁《みそしる》。

いつもは一人で食べていた、独身男の手抜き飯だ。

「どうかな、食べられそう？」

俺が尋ねると、二人とも頷いた。

「美味しそう！」

「ああ、御馳走《ごちそう》だ。本当にこんなにも食べさせてもらってもよいのか」

「うん。こんなもので良ければ」

「そうか……では早速いただこう」

「いただきます！」


彼らの村で使われていた食器はスプーンが近かったようなので、リュイアにはスプーンを渡した。

ヴァンは犬のように食べていたが、こちらもかなり器用に食べていた。

途中から、俺はご飯の上に鮭《さけ》フレークをのせて食べたくなり、瓶を冷蔵庫から取り出すと、リュイアが興味を示した。

「それなぁに？」

「鮭フレークっていうんだ」

瓶から鮭フレークを取り出し、白米の上にかける。

「こうやって、ご飯と一緒に食べるんだけど」

「鮭フレック……」

「食べられそう？」

「たしかめてもいい？」

「どうぞ、どうぞ」

リュイアは目をつぶり、唇を尖らせて、何か呟く。自分の中の魔力を使って、確認しているらしい。

ヴァンも鮭フレークの匂いを嗅いで、すぐに頷いた。「ふむ。食べられそうだな」

それに続き、リュイアも声をあげた。「食べても平気！」

俺は二人のご飯にも鮭フレークをかけた。

「これは……！」

「んー!!」

ヴァンは唸り、リュイアは満面の笑み。

気に入ってもらえたようで、何よりだ。


夕食を賑《にぎ》やかに食べ終えた。

俺が、軽くシャワーを浴びて戻ると、既に居間ではリュイアが横になって眠っていた。

少女に寄り添うようにしてのびていたヴァンは、眠ることなく、温かい目で彼女を見守っていた。

「すまない、ケイタ。リュイアは、疲れてしまったみたいだ」

「ううん。どうしよう。ここで眠る？」

「構わないだろうか？」

「もちろん」

俺はタオルケットを二人にかけて「何かあったら、隣の部屋にいるから起こして」とヴァンに言った。

「ああ。ありがとう」

「おやすみなさい、ヴァン」

「おやすみ、ケイタ」

リビングの明かりを消し、俺は隣の寝室で眠った。

◆◆◆

俺の目の前に、穏やかな湖があった。

魔力を意識したときに見えたあの湖だった。

湖のふちで、中を覗いている少年がいた。

「何してるの？」

俺が声をかけると、その少年は振り向いた。

あどけない顔だった。どこかで見たことある顔だな、と思ったけれど思い出せなかった。

少年は頬を紅潮させ、湖の中を指差した。

よほど、面白いものがあるらしい。

俺は少年に促され、それを見た。

「うわぁ……」

思わず声が出た。

少年が夢中になっていたのも頷ける。

透き通った湖の中には、宝石のように輝く何かが泳ぎ回っていた。

「なにこれ……」

少年が無言で、俺の目をじっと覗き込んだ。

するとなぜか、少年の答えが伝わってきた。

「この泳いでいるのが、全部魔法なの？」

少年は楽しげに笑った。

俺は再び、湖を見た。

魚のように泳ぐ、きらきらと光り輝くもの。これが全て、魔法だなんて。

「じゃあ、全部使っていいの？」

俺は無性に嬉しくなりながら、そう尋ねた。

すると少年はまたじっと俺の目を見て、伝えてきた。

「まずはレベルを上げる必要があって……それから……その魔法が心の底から必要だと思えたときに……与えられるの？」

少年はぱちりとまばたきした。それが彼にとっての、頷くに相当する行為だとわかった。

「そうなんだ」

俺は安心した。大きな湖の中には、いくらでも魔法が眠っている。

これからどんな魔物が現れても、俺は地道にレベルを上げていきさえすれば、必要なタイミングで、求めた魔法を手にすることができる。これほど心強いことはなかった。

そのとき優雅に泳ぐ魔法たちの下に、古く、格調高い姿の木箱が沈んでいることに気がついた。

しかも一つではない。湖の底に転がる石のように、ゴロゴロと大量に沈んでいる。

だが俺はその箱のどれもに、頑丈な鎖が巻き付き、開けられないようになっていることに気がついた。

「あれ……」と俺が尋ねようとしたとき、既に少年は、俺の方を見ていた。

少年が、無言で答えをくれる。

「レベルがものすごく足りないから、開けることすらできない？」

少年がまばたきする。

開けられないと言われると、急に開けたくなってしまった。

「無理やり開けようとしたら？」

少年の目が陰った。心なしか、怯《おび》えているようでもあった。

俺は慌てて、言葉を変えた。

「そっか。じゃあ、もっと魔法を使ったり、魔物を倒したりして、ちゃんとレベルアップしてから開けないとだね」

少年の顔に、笑みが戻った。

夢から覚めても、彼との会話の記憶は、まざまざと残っていた。

第三章　リュイアとヴァンと

目を開けると、俺を覗き込んでいる犬と少女の顔が。

「ケイタ、起きた？」

「起きたみたいだな。おはよう、ケイタ」

「ケイタ！　おはよございます！」

「ああ、お、おはようございます……」

そうか。昨晩から、この家は俺一人じゃなかったんだ。

トイレに行き、顔を洗う。

朝食は、昨日の夕食のメニューの、生姜焼きを目玉焼きとベーコンに変えたものにした。

二人はそれをたしかめて、食べられると言ってくれたのでほっとした。

食卓は、最初から最後まで、賑やかだった。

俺は今までの自分が、いかに静かに食事をとっていたのだろうと思った。

朝食を食べ終わると、今日のことについて話をした。

「とりあえず、ダンジョン街？　っていうところに行けばいいんだよね」

「ふむ、そのことなんだが……」ヴァンは言いにくそうに言う。「ダンジョン街に向かう前に、もう少しだけ魔力を取り戻しておきたいのだ」

「そうなの？」俺は首を傾げる。

「昨日も少し話したと思うが、我々の魔力は、元の世界にいたときよりも随分と落ちている。今の状態では、我々は元の百分の一の力も発揮できないだろう」

なんと……。

「ダンジョン街というのは……我々の世界にもあったが、そこは基本的に、他の世界からやってきた者たちが集う場所なんだ。話のできる魔族が集まっているはずだし、それほど危険ではないとは思う。乱暴なことをする奴《やつ》は、どこのダンジョン街でも厄介払いされるはずだしな。だが、中にはちょっとしたことで因縁をつけてくる厄介な輩《やから》がいないとは言い切れない。特に我々は、この世界からは、かなり離れた世界から来ている。おそらく、この世界にいる魔族の大半は、我々の世界よりも、近い世界からやってきているはずだ」

「あっ、そうなんだ」

「ああ」

魔族といっても、同じ世界の出身者じゃないのか。

つまり……ダンジョン街に集まっているのが火星人や水星人だとしたら、リュイアとヴァンは土星人……みたいな感じ、だろうか。

「それは……大変そうだね」

頭の中で、タコみたいな火星人と、灰色の肌をした土星人がポコポコ叩き合っている。

「ああ。だから昨日のようなあまり手強い相手のいないダンジョンに何度か通って、ある程度、力を取り戻しておきたい。魔物を倒しているうちに、元の状態とまではいかないが、ある程度の魔力は取り戻せるだろう。ケィタにもより魔法の扱いがうまくなってもらえたら、何かあったときにも安心できるからな」

「わかった」

「まぁ、このあたりにどんな魔族が集まっているのか、近くにあるダンジョン街の治安がどれほどのものなのかは、正直なところ、実際に行ってみないとわからない。だから、私の取り越し苦労かもしれないが」

「ううん。心配事は先に潰しておいた方がいいよね」

「そうだな」

「うん。リュイアはどう思う？」

「リュイアはね、ケィタとヴァンと一緒！」

にこにこ笑っている。

少し回答がずれている気がするけど、まぁいいか。

「じゃあ、ダンジョン街に行く前に、他のダンジョンに行こうか」

「ふむ、そうしよう」

話がまとまったところで、俺たちは家を出ることにした。

「いってきます」と無人の家に声をかける。

「いってきます！」とリュイアが続けた。

家を出る。

先頭を行くヴァンは、地面を嗅ぎまわりながら歩いている。

マナの気配をたどり、昨日のダンジョンとは別のダンジョン――それでいて、そこまでマナの気配が強くないダンジョンを探しているらしい。

「マナと魔力って、違うものなんだよね」

先頭でヴァンがダンジョンを探す姿を見ながら、俺はリュイアに尋ねた。

手をつないでいたリュイアは、はきはき説明してくれた。

「マナはね、目に見えないちっちゃな粒だよ！　魔法を使うために必要なの」

「うん」

酸素みたいなものだろうか。酸素がないと、火がつけられないみたいな。

「じゃあ魔力は？」

「魔力はね、リュイアとか、ヴァンとか、ケィタとか……あと魔物が持ってる、魔法の力！　魔力がいっぱいある人は、大きくて、すごい魔法がいっぱい使えるの。魔力がちょっとしかない人は、ちょっとの魔法だけで、すぐになくなっちゃうの」

「なるほど」

これはＲＰＧやファンタジー小説で言うところの、各キャラクターが持つＭＰ《マジックポイント》みたいなものっぽいな。

「なくなった魔力は、どうやって回復させるの？」

ファンタジーな世界だと、ＭＰを回復する定番といえばポーションのイメージがあるけれど。

リュイアがパッと顔をあげて言う。

「いっぱい食べて、いっぱい寝る！」

えらくシンプルな答えが返ってきた……。

体を休めれば、魔力も回復するということだろうか。

「そうなんだ」と俺は頷く。

が、すぐに別の疑問が湧いた。

食べて寝ると回復する魔力、ということは。

「そういえばさ」

「なーにー？」

「リュイアとヴァンは、その……今、もともとあった魔力が大分減っちゃってるんだよね？」

「うん。ケイタにいっぱいあげちゃった」

リュイア、しょんぼり。

この話題を出してごめんよ、リュイア。

「俺に渡したから減った魔力ってその……食べたり寝たりしたら、回復しないのかな」

「えーっと……する……のかな……」

リュイアが口ごもる。

「いや。回復はしないだろうな」

先を歩くヴァンが、すかさずリュイアに助け船を出した。ダンジョンを探しながらも、俺たちの話は聞いていてくれたようだ。

「我々がケイタに渡したのは、そもそもの魔力の大きさみたいなものなんだ。一方で、リュイアが回復すると説明していたのは、いわば魔力量のことだな」

頭の中で、情報を整理する。

「そもそもの魔力の大きさ」と、「魔力量」。

「私が言っている『そもそもの魔力の大きさ』というものは、なんというかな、その魔族が持つことのできる最大限の魔力量のことなんだが……わかるか？」

うん、なんとなくわかる気がする。

ゲームなんかのＭＰ《マジックポイント》で考えるなら、リュイアとヴァンは「最大値」が下がってしまったということになるのかな。

もともとのヴァンのＭＰが１６００だとしたら、ヴァンは魔法を使うたびに、１５００／１６００、１４００／１６００……とそれを消費する。

でも体を休めてＭＰを回復すればもとには戻るから、１６００という最大値は変わらない。

その最大値ごと、俺に渡してしまった。

ヴァンのＭＰが１６００だったとすれば、それがたとえば８００になったみたいな。

だからその少なくなったＭＰで魔法をやりくりしなくちゃいけないし、回復したところで、Ｍａｘ８００しか戻らない。

「ケイター？」とリュイアが俺の表情を窺《うかが》う。

「伝わっただろうか」とヴァン。

「ありがとう。うん。わかったかも」

「そうか」

ヴァンが、再び前を向いて歩き始めた。


小さな子供を連れた母親とすれ違う。

俺が道を空けると、母親は小さく頭を下げた。

その人はヴァンの隣を触れるか触れないかの距離で歩いたが、ヴァンの方は一切見なかった。

本当に見えないんだ、と俺は思った。

ヴァンとリュイアは、いまだこの世界のほとんどの人には見えないし、声も聞こえないのだという。

俺にはこんなにもはっきりと見えているのに、誰もがヴァンの隣を気にせずに歩いていくのは、不思議な心地がした。


今度は、犬を連れて歩いているサンバイザーをつけた女性とすれ違った。

女性ももちろん、ヴァンには目もくれなかった。

しかし彼女が連れていた小型犬は、そうではなかった。

「キャン、キャン!!」

ヴァンとすれ違うなり、激しく吠えたてる。

「すみません……ほら、行くよ」

女性は申し訳なさそうに謝り、犬のリードを引いた。

リュイアとヴァンに気を配りながら、俺は小型犬が、女性に引っ張られるようにしていくのを見送った。

小型犬は、最後まで俺たちに向かって吠えていた。

「私たちが見えていたらしいな」と、ヴァンが呟く。

「あの動物、多少、魔力とつながっている感覚があるのだろう」

魔法が使えるチワワ……。

リュイアとヴァンが俺ではなく、あのチワワに魔力を渡して、ダンジョンへ連れていっていたとしたら。

チワワはヴァンみたいに、紫の炎でも吹いたのだろうか。


そうして昨日と似たような、黒い穴の前にたどり着いた。

完全に徒歩圏内。しかもここに来るまでにも、ヴァンは素通りしたが、幾つかの穴があった。

うちの近所、ダンジョンだらけなのか……いや、この近所だけじゃない。もしかすると、この世界の至るところに……。


「ここにしよう。マナの気配も、ちょうどよさそうだ」とヴァンが言う。

「わかった」

「はーい！」

「よし」

美しい身のこなしで、ヴァンが飛び込む。

俺とリュイアも、その後に続いた。

深い井戸に飛び込むような感覚だが、もう怖くはない。

無重力空間を体験するかのように、ゆっくりとした着地。

「ケイタ、上手になったね」

リュイアがにこにこ言う。

「ありがとう」


二日目のダンジョン探索開始だ。

今日の目的は、リュイアとヴァンの魔力が、少しでも元の状態に近づくこと。

というわけで、俺はひとまず後ろに控える。

まずはヴァンに、積極的に戦ってもらうことになった。

最初に現れた魔物は――

「お、おぉ……」

郵便ポストのような形の魔物だった。

しかし、はがきが入れられるような穴はついていない。

あくまで真っ赤なボディと、シルエットが似ているだけ。

その魔物が、一本の足で跳ねるようにこちらに近づいてくる。

【箱の形をした魔物じゃな。脅威度は★★《ほしふたつ》といったところかの】

物知りな杖が言う。

ちなみに、昨日の晩ご飯のときに聞いた話によると、この杖の声は、リュイアのおじいさんである大魔族シバのものらしい。

持ち手部分の、おじいさんの顔が彫ってある部分も含め、魔道具の職人に特注で作らせた杖だそうだ。

リュイアが寂しくないようにかな……と思いきや、ヴァンは呆《あき》れた声で「たぶん逆だな」と言っていた。

ヴァンの考えでは、寂しがっているのはおじいさんの方だという。

だからリュイアに、自分の顔や声を忘れないで欲しいと思って、そんな杖を渡したのではないかというのが彼の考えだった。


「二人とも、下がっていてくれ」とヴァンが言う。

「わかった」

「あい！」

ヴァンは魔物の前に躍り出るなり、口から紫の炎を吹く。

球になったそれは、郵便ポストを簡単に捉えた。

紫の火に包まれる郵便ポスト。

だがその火はすぐに消え、郵便ポストはヴァンとの距離を詰める。

ヴァンが二発目の火。近づいてきたポストに対して、今度は球のような火ではなく、火炎放射器のような真っ直ぐな炎を浴びせかける。

郵便ポストは、その火を食らいながらも、無理やりヴァンに突進した。

「ヴァン！」

リュイアの叫びと同じタイミングで、ヴァンはひょいと空中に飛びあがった。

大きな体にも拘《かか》わらず、その身のこなしは速く、優雅だ。

魔力が元よりも小さくなってしまったためか、随分と攻撃には苦戦しているように見えるが、素早さにアドバンテージがある分、安心して見ることができた。

三度目の正直か、ヴァンが紫の火をぶつけると、郵便ポストはその場にドスンと倒れた。その体から抜け出したどす黒い魂が、渦を巻き、それから白い光となって消える。

成・仏・完・了！

「回収しまっす！」

自分の出番が来たとばかりに、リュイアは魔物に駆け寄り、呪文を唱えて、魔法石を回収する。

「とれました！」

小石ほどの大きさしかないが、その魔法石は六角柱のような形で、深い青色の輝きを持っている。

「綺麗だね」と俺が言うと、

「うんっ」リュイアは笑い、それを愛用のモンスターポシェット――ガフガフちゃんの中にしまった。

モンスターの口部分ではなく、頭部分の物をおさめる方に。

「よし。次だな」

ヴァンが先頭に立ち、探索再開だ。

次に遭遇した、ゾンビのような魔物、その次に遭遇した四角い岩のような魔物を倒した後。

「ケイタ」とヴァンが言った。

「ん？」

「先頭を交代してもらってもいいか？　思ったより、魔力を消耗してしまった」

「わかった」と俺は頷き、前に出る。

おそらくそれほど強くないであろう魔物たちとの戦い。何度火を吹いても倒せないヴァンを後ろから見つつ、俺はしまったなと思っていた。

それは、昨日のダンジョンコアのことだ。

俺はあのとき、「リュイアとヴァンのどちらが破壊しても、彼らは役目を終えて元の世界に戻るのだろう」と考えていた。

しかしそれは俺の勘違いで、彼らは少なくともあと999のダンジョンを制覇する必要がある——つまり、まだまだこっちの世界にいることになるのだ。

リュイアは今のところ魔物と戦えるような属性魔法が使えないわけだし、そう考えると、先に魔力を取り戻すことを優先すべきなのは、ヴァンの方だった。

だがこの話を蒸し返すと、またリュイアが気にして、しょぼーんとしてしまうかもしれないので、口にはしない。

とにかく俺は二人から分けてもらった魔力を最大限に活用し、彼らをダンジョンの奥底へと導こう。

そしてダンジョンコアを二人（特にヴァン）に破壊してもらえば、彼らは魔力を取り戻し、スムーズに敵を倒せるようになるはずだ。


意識を、自分の腹の底に向ける。

ヴァンに教えてもらった、自分の魔力を意識する作業だ。

やはりそこには、美しい水を湛えた湖が広がっていた。

【白雷】

俺が操ることのできる属性魔法。

ジジッ、ジジジジジッ、ジジジッ……。

手の上で、白い雷が弾けている。

【雷球】

【雷剣】

自分の中から聞こえてきた言葉をイメージすれば、「球」の形に、「剣」の形にと、白い雷は姿を変える。

「わぁ……！」

まだ属性魔法が使えないリュイアは、目を輝かせてそれを見た。

「よし」今日も問題なく魔法は使えそうだ。「行きます」

「ああ。頼んだぞ、ケィタ」

二日目のダンジョン探索。

今日はどんな魔物と戦うことになるだろうか。

◆◆◆

「キノコ……？」

形はキノコだった。

だが短い手足のようなものが生えており、二足歩行で、ノソノソと歩いてくる。

手にはバールのようなものを持っていた。

【きのこの魔物じゃな。脅威度は★★《ほしふたつ》じゃや】

グモォォォォ。

俺を標的として認識すると、バールキノコは勢いよく向かってきた。

【雷球】！

まだ距離があるうちにと、すぐに右手から雷の球を放つ。

球の速さ、また上がっている気がする。

自分で投げる野球の球くらいにはなってきただろうか。

最初、空飛ぶ本の魔物に避けられまくった超スローボールだったことを考えると、かなりの進歩だ。

バールキノコに、雷球が直撃する。

バチッ。

バールキノコは、後ろに倒れかけるが、踏ん張った。

もう一発。

【雷球】！

二発目で、ノックアウト。

キュウ……。

バールキノコはその場にへなへなと崩れ落ちた。

どす黒い魂が肉体から離れると、魔物の体はわずか数秒で朽ちはじめる。

「属性魔法の扱いに慣れてきたな、ケィタ」俺の隣にやってきて、ヴァンが言う。

「そうかな」

「回収〜！」俺たちの横をリュイアがてってってと、魔物の残骸に向かっていく。

「ああ。もっと色々と試してみるといい。今のケィタなら、使えば使うほど、魔法のことがわかってくるはずだ」

ヴァンが鷹揚《おうよう》に頷く。

魔法を使える同志として認められたみたいで、けっこう嬉しい。

あと全然関係ないけど、ヴァン、やっぱりイケボだな……。

「どうした、ケイタ」

「いや」と、笑いながら首を振った。「やってみるよ」

「うむ」

「あったぞぉー！」

小さな指でつまんだ魔法石を、リュイアは高々とかかげて見せてくれた。


キキキキキ……。

お、昨日ぶりだ。

緑の皮膚と、ぎょろりとした目。

「ゴブリンだな」ヴァンが言う。

一体だけのお出ましだ。

昨日、とんでもない数の相手をしたから、一体だと、拍子抜けする感覚すらある。

【小鬼の魔物じゃな。脅威度は★★《ほしふたつ》じゃ】

【雷剣】

ブレード部分の大きな剣をイメージする。
よし。
白い雷の形状は、イメージの通り調節することができた。
「行きます」
「ああ」
「ケイタ、気つけてね！」
キキィー！
ゴブリンは右手に、よくわからないものを持っていた。
なにそれ……削る前の鰹節《かつおぶし》？
振ってきたそれを、あえて大きなブレードの部分で受けてみる。
バチッ！
白い雷が、鰹節を弾く。
なるほど、これで守れるのか。
ゴブリンは顔を歪《ゆが》ませ、その反動でのけぞる。
踏み込めば、無防備な腹を斬ることができる。
だが俺は、あえて下がった。
昨日の戦いで、嫌というほどやり合った相手。
そして今は単体。

せっかくだから、色々と試させてもらおう。
俺は右手の剣を見る。
ブレードの部分で、攻撃を弾くこともできた。
それなら。
キキィー！
鰹節ゴブリンが、こちらに向かってくる。
俺は雷の剣を右手から消す。
代わりにイメージしたことに対して、俺は魔力から答えを引き出すことができた。
【雷盾《らいだて》】
左手に出現させた雷の盾で、ゴブリンが振り下ろしてくる鰹節を弾く。
バチッ！
再び雷に弾かれたゴブリンが、後ろに下がる。
俺も下がる。
これ、同時でいけるかな。
右手に【雷剣】、左手に……【雷盾】。
あ、普通にいけた。
剣をぶんぶんと振ってみる。左手の盾も、ちゃんと体を庇《かば》える。
おー、なんか装備が整った感じ。

剣も盾も、魔法による自前の装備だが。
キキィー！
鰹節の使い手と、三度まみえる。
盾で弾いて、
剣で斬る。
バチッ。
ゴブリンが倒れる。
体から抜け出た魂は、穏やかに消えていった。
よし。
「文句なしの勝利だな」
俺の隣に来て、ヴァンが言った。
「ありがとう」
もっと試したい。
「魔法石、ありましたっ！」とリュイアの報告。
二人から渡された魔力を活《い》かせば、もっと面白いことができそうだ。

さらに何体かの魔物を倒した後。
「そろそろ前を交代しようか？　ケイタ」ヴァンが歩きながら言った。

「魔力は大丈夫そう？」

「ふむ。たしかにそれほど余裕があるわけではないが。しかし、ケィタばかりに戦わせるのもどうかと思ってな」

「俺は平気だよ。全然、疲れてる感じしない。むしろ、もっと色んな魔法を試してみたいくらいだ」

「そうか？」

「うん。ヴァンの魔力は、いざという時のためにとっておいた方が助かるかも」

「悪いな。ならそうさせてもらおう」

ヴァンがほっとしたように唸った。


空を飛ぶ本の群れが、暗闇の奥から姿を見せる。

羽ばたくときにちらちら見える表紙部分の色は、緑だけでなく、赤、黒、紫などバリエーション豊かだった。

ざっと十以上はいる。

ゴブリンと同じく、昨日ぶりの遭遇。

そしてこいつは、【雷球】を避けられまくった因縁の相手だ。

やったるぞ……と勝手に気合が入る。

くるくると回転しながら近づいてきた、表紙が緑の一冊に狙いを定める。

【雷球】

バチッ！
一発でヒット。よし、幸先《さいさき》がいいな。
【雷球】！
【雷球】！
【雷球】！
シューティングゲームかな？　と思うくらい、狙いを定め、撃ち落とす。
さらに近づいてきたものには、
【雷剣】
【雷盾】
剣と盾で対応。
剣で斬り、盾で弾く。
近距離・遠距離の戦い分けも、だんだんと掴めてきた。
「いいぞ、ケイタ。その調子だ！」
「ケイタ！　がんばれー！」
二人の応援にも、熱がこもる。
【雷球】
バチッ！
「よし」

十以上いた本の魔物だが、あっという間にラスト一冊になった。

【雷球】

バチッ。

カミナリ球を放つが、それはすんでのところで躱されてしまう。

空中でくるくると回るも、こちらには向かってこない個体。

昨日と同じような奴が残ったな……いや、カミナリ球の速さが増していることを考えると、昨日の奴よりもさらに質《たち》が悪いかもしれない。

【雷球】

バチッ。

「あー！」とリュイアの残念がる声。『あと、ちょっとなのにっ！』

カミナリ球はまたしても外れ、ダンジョンの壁にぶつかり、弾けてしまう。

くるくると、余裕をアピールするように回ってみせる本。

ちょっとイラっとするが、「やってやる」という気持ちにもなる。

カミナリ球は、ほとんど直線的に飛ぶ。

意識すれば少し曲げることはできたが、それでもぎりぎりで躱されてしまっては手の出しようがない。

自分の中にある魔力を意識する。

リュイアとヴァンからは、相当量の魔力を渡されたのだろう。いくら撃っても、疲労は全く感じられない。

まだ俺自身のレベルが低いから、使える魔法のバリエーションは少ない。

だが二人の魔力があれば……もっと、色んなことができるはず。

空中で、くるくる回る本を睨《にら》みながらそう思っていると、腹にたまった魔力から、インスピレーションが湧いてくる。

【雷禽《らいきん》】

手の上に現れた白雷は、鳥の形をしている。鷹《たか》のような猛禽《もうきん》類を思わせる、鋭い嘴《くちばし》。

さ、行ってこいっ。

俺が送り出すと、鳥は、ひゅーっと本へと飛んでいった。

雷球よりもゆったりとした速さ。

空を飛ぶ本もどきはくるくる回りながら、余裕をもって位置を変えた。

雷の進む方向から、魔物の姿が消える。

「あちゃ〜」とリュイアの声が聞こえた直後。

ギュン、と雷禽が進路を変える。

「おー！」

バジィッ!!

鳥は獲物を捉えると、雷球よりも激しい音を立てて弾けた。

空飛ぶ本は、力なく落下する。

「回収〜！」

ヴァンの背に乗ったリュイアは、魔物が落ちた先を指でしめす。

二人の魔法石回収班は、魔物の落下地点に急行した。


その後も順調に、これまでに相手した敵、あるいは現実世界でどことなく見覚えのあるもの、ファンタジーっぽい異形の怪物など、現れた魔物相手に、魔法を試した。


魔物の姿が見えたら、すかさず【雷球】で先制攻撃。

近づいてきたものには、【雷剣】と【雷盾】で対応。

逃げ惑うものには、【雷禽】を放つ。

求めれば求めるだけ、魔力が、魔法が、それに応じて力を発揮する。

ダンジョン探索はこれといった障害もなく、サクサク進んだ。

そして、何度か目に出会った黒い蜘蛛の魔物を倒した後。


「ケイタ、あれ！」

「ああ」

俺たちの前に現れた、どでかくて、透き通った石——ダンジョンコア。

二つ目のダンジョンの最奥部にたどり着いた。

ダンジョンコアを前にすると、リュイアとヴァンは息をのんでそれを見つめた。

たしかに美しい石だ。

昨日のダンジョンコアと大きさはそれほど変わらないが、今日のものは、青紫っぽい光が強く、全体的に黒みがかって見えた。

俺は提案しなければと思った。

昨日は先のことを知らずじゃんけんを勧めてしまったが、今は戦えないリュイアではなく、ヴァンの方に魔力を得てもらいたい。

リュイアにとっても、このダンジョンコアを壊すことはかなり魅力的なのだろうということは、彼女の様子からひしひしと伝わってくるけれど……。

「リュイア」

俺が名前を呼ぶと、目をきらきらさせてコアを見つめていたリュイアが顔をあげた。

俺が口を開く前に、彼女は言った。

「ケイタ。このダンジョンコア、ヴァンにあげてもいい？」

「……えっ？」

すると彼女は、あたふたと言った。

「リュイア、ケイタがいちばん頑張ってたこと、知ってるよ。でもね、リュイアが間違えちゃったから、ケイタ、魔力、たくさん持ってるでしょ？　だからね、ヴァンに壊させてあげたいんだけど……」

「うん」と俺は頷いた。

「リュイアはいいの？」

「リュイアは、リュイアは……」

少女はダンジョンコアをじーっと見る。それから、何かを振り払うように首を振った。

「昨日、壊したからいいの。ヴァンにあげたいな」

「……いいのか？」とヴァンが問うた。

「うん」と少女は頷いた。

「じゃあ、ヴァンに壊してもらおっか」と俺。

「うんっ」

リュイア、えらい……！


話し合いの結果、二つ目のダンジョンコアはヴァンが壊すことになった。

ヴァンが紫の炎を吹きかけると、コアは、次第に輝きを失い……そして、完全に黒くなった。

どろどろと溶け、その場に黒い穴を残す。

ヴァンが火を吹いている間、リュイアは我慢するように、ぎゅっと両手を握っていた。

力が入り、あがっていた肩に、俺は手を置いた。

「帰ろっか、リュイア」

するとリュイアの肩から、力が抜けた。俺を見上げたリュイアは、ほっとしたように笑った。

「帰ろっ！」


黒い穴をぬけて外へ出ると、すでに日が傾き始めていた。

ダンジョンの中で魔法を試していると、時間を忘れて夢中になってしまう。

無事に、自分がよく知る地上の世界に戻って来られたという安堵《あんど》も相まってか、急に空腹感が押し寄せてきた。

リュイアと手をつなぎ、あまり早歩きにならぬよう気をつけながら、帰宅する。


夕食は、冷凍庫に常備している冷凍うどん。

お風呂からあがってきたリュイアとヴァンをドライヤーで乾かしたのち、ぱぱっと準備する。

同じく冷凍庫常備のきざみネギ、ピンクのかまぼこ、それから半熟の卵と天かすをトッピングして、完成。

「簡単なものでごめんよ……」と思うが、リュイアもヴァンも、見ているこっちが嬉しくなるほど、幸せそうに平らげてくれた。

ご飯を食べ終わると、俺はお風呂に入り、それから自分の洗濯ものをまとめて洗濯機を回し始めた。

するとリュイアが、目をこすりながらやってきて、「これは何？」と俺に尋ねた。

両親が生きていた頃から使っている洗濯機はかなりの旧式で、ゴウン、ゴウンと大きな音を立てて揺れる。

しかし特に壊れる予兆もないので買い替えるタイミングもなく、そのまま使い続けていた。

「洗濯機っていうんだ」

「センタッキ？」

「うん。服を洗うアイテムだよ」

「ふぅん」

寝間着姿に着替えたリュイアが、眠そうに目をこすりながら言った。

そういえばと俺は思って、「リュイアの服は大丈夫？」と尋ねた。

すると彼女は、肌身離さず身に着けている愛用の魔法ポシェット——ガフガノちゃんの口を開けた。

明らかに服が入るようなサイズではないポシェットから、するんと服が出て来る。

それは、昼間ダンジョンで着ていた服だ。

「ちゃんと魔法できれいにしてるの」と彼女は言った。

そう言えば前も言ってたなと思いつつ、確認させてもらう。

たしかに、服に目立った汚れはなく、新品のようにきれいな状態だった。

「これは失礼しました」

「ううん」リュイアが、ポシェットの中に服をしまった。

それから堪《こら》えきれなかったように、あくびをする。

「寝てていいよ」と俺は言った。

するとリュイアはじっとこちらを見上げた。「ケイタは？」

「俺もこれを洗濯したら、寝るよ」

「洗濯、すぐに終わる？」

「うん。すぐに終わるよ」

「そっか」

しかしリュイアは、その場から動かなかった。

「どうかした？」

「うん、でもちょっとまだ、リュイアも眠たくないかなと思って」

うーん、瞼《まぶた》も重そうだし、そうは見えないけど。

「それでね、ケイタにちょっと見てもらいたいものがあるんだけど……いい？」

「うん。いいよ。なに？」

「ええっと、これなんだけど……」

リュイアはそう言って、モンスターポシェットから分厚い本を取り出した。

「これはなに？」

「これはね、じぃじがリュイアのためにつくってくれた、魔法のご本なの」

「へぇ……」

「ケイタ、ここに座って」

リュイアは壁を背にして座ると、俺も隣に座るように言った。

「うん」

彼女の隣に腰を下ろす。

リュイアは重そうな本を自分の膝の上に載せ、それをぱらぱらと開いた。

ページごとに、一つの大きな魔法陣が記されていた。

文字も書き込まれていたが、俺には何一つ、読み取ることができなかった。

「これはね、魔法石を回収する魔法」

リュイアが指差したページにも魔法陣が描かれている。

だが、俺でも明らかに他のページと違うとわかる点があった。

そのページの魔法陣の真ん中には、小さな手形が押されていた。

「これ……」

「うん。この魔法が使えるようになったら、こうやってぺたってやるの」

リュイアは嬉しそうに、魔法陣の真ん中に手をつけた。

「そうすると、いっぱい言葉が頭の中に入ってきて、それでリュイアは、呪文がわかるようになるんだー」

リュイアはにこにこしながらページをめくる。

また手形がついたページが。

「これは？」

「これはね、ケィタたちみたいに言葉が違う人とおしゃべりするための魔法」

最初に俺にやってくれた魔法か。

「これは？」

「これはね、ぴょんってはねている髪を直す魔法！」

笑みがこぼれる。

そんな魔法まであるんだ。

「このまだ手がついていないページは？」

「うーん、これはね、まだわからないの。リュイアがもっとレベルアップしたら、わかるようになると思うんだけど……」

リュイアが、空いた魔法陣の真ん中にペタペタと手をつけるが、何の反応も起こらない。

「あ、でもこの魔法は覚えられるみたい！」

ページをぱらぱらとめくっていたリュイアが、急にあるページで手をとめる。

俺には、他のページと同じで、何の変哲もない魔法陣に見える。

だがリュイアがその魔法陣に手をつけると、仄かにその魔法陣が光った。

しばらくリュイアは手をつけたまま、真剣な顔で目をつぶっていた。

唇を尖らせて、口の中でぶつぶつと唱えている。

魔法を唱えているときの、あの調子だ。

それから魔法陣から手を離すと、そのページの真ん中に、魔法陣や文字が描かれているのと全く同じ濃い黒色で、リュイアの手形が残った。

「ケイタ、ちょっと待っててね……」

そう言うと、彼女はモンスターポシェットに手を突っ込み、中から小さな魔法石を二つ取り出した。

そのうちの一つをガフガフちゃんに食べさせてあげたあと、リュイアはもう一つを指でつまんだまま、ぶつぶつと何か唱える。

すると彼女の小さな手の中から、奇妙な音が聞こえ始めた。

それほど大きくはなかったが、柔らかく高い声で、誰かが歌っているような声だった。

胸の中がじんと温かくなるような、優しい音色だった。

「これ、今、覚えた魔法？」

「うん、この魔法だよ」とリュイアが、先ほど手形をつけたばかりの魔法陣を指差し、囁くように言った。

「人魚さんの子守歌だって」

しばらく二人でその歌に聞き入っていた。

が、リュイアが指でつまんでいる緑の魔法石が、仄かに光りながら、見る見るうちに小さくなっていく。

やがて、子守歌が止《や》んだ。

そのときには、小さな緑の魔法石も、彼女の指先から消えていた。

「とってもいいお歌だったね」とリュイアは笑った。

「じぃじ、ありがとう」

彼女はそう呟いて、愛おしそうに魔法陣のページを撫でた。

彼女の頭が、すとんと隣にいる俺の方に寄った。

子守歌のせいもあってか、彼女はもう眠りに落ちる寸前に見えた。

寝ようか、と俺が提案しようとしたとき、彼女は最後の力を振り絞るようにぱらぱらとページをめくって、最後のページを開いた。

そこに描かれていたのは、他のページよりも明らかに複雑で、びっしり細かい文字が綴《つづ》られた魔法陣だった。

「これは何の魔法なの？」

「これはね」

あくびを堪えながら、リュイアが言った。

「リュイアが、一人前になったときに使えるようになる魔法。じぃじたちがいる世界に、リュイアが帰るための魔法」

「……そうなんだ」

「こっちの世界に来るのは大変。でも、向こうの世界に帰るのは、リュイアがこの魔法を使えるようになれば、ちゃんと帰れるんだって」

帰りたい？　向こうの世界に。

そんな風に聞くことはできなかった。

「ケイタ」

「ん？」

俺が見ると、リュイアは目をつぶっていた。

俺がそっと立ち上がり、抱きかかえると、彼女はぎゅっと俺に抱きついてきた。

洗濯機は、まだ回り続けている。

リュイアは眠るまで一緒にいて欲しかったんだと、俺は今になってようやく気が付いた。

◆◆◆

翌朝。

「ケイタ、起きた？」

俺が目を開けると、隣から声がした。

「んん……」

「ケイタ、起きた！」

すっかり目を覚ましたリュイアとヴァンが、ベッドの横にいた。

昨日もだったけれど、わざわざ近くで俺が起きるのを待っている二人。

居間で待っててもいいのにな……と思いつつ、俺の方がもうちょっと早く起きなきゃ、とも思う。

仕事を辞めてから、食事は思いついたときに食べ、夜はほとんど眠れず、その癖、明け方になってから眠り始めたりと、生活サイクルがぐちゃぐちゃになっていた。

だが二人が来てから、夜はぐっすりと眠れるし、食事もしっかりとっている。

このままダンジョンに潜り続けたら……俺は、健康優良児（二十七歳）になってしまうかもしれない。

いや、そんなことよりも。二人を待たせておくのも申し訳ないし、せめてもう少し早起きしたいのだが。

起こした体は、驚くほどに軽い。昨日のダンジョンでの疲れは、すっかりとれたみたいだ。

「おはよう、リュイア、ヴァン」

「おはよ！」

「おはよう、ケィタ」

朝食を食べたとき、ついでに余ったお米でおにぎりを握った。

空になった炊飯器をささっと洗う。

研いだ米を、夕方頃に炊けるようにセット。

つくったおにぎりは、朝食を食べてほわほわしているリュイアに渡す。

「これ、なに〜？」

「そのポシェット——ガフガフちゃんの中に入れてもらってもいいかな。お腹が空いたら、ダンジョンの中で食べられるように」

「わー、いいのー!?」

「うん」

「へへへ……ありぃがとー！」

リュイアは四つのおにぎりを、一つ一つ大事そうにポシェットの中にしまった。


「いってきます」

「いてきまーす！」


そうしていざ、三日目のダンジョン探索へ。


俺たちの先頭をヴァンが歩く。

その後ろ姿は、今日も可愛い。

おしりをふって懸命に前へと進むテコテコとした動きが、何とも愛らしいのだ。

だが本人にそれを伝えると「ケイタ、何を言ってるんだ……？」と呆れたイケボで返されそうなので言わない。

こちらのもふもふしたい欲についても、「ドライヤーで毛を乾かす」という合法的な癒《いや》しタイムがあるので、何とか呆れられずに済んでいる（はず）。


「天気、いいね！」手をつないでいるリュイアが、唐突に言った。

「そうだね。ぽかぽかだ」

「ぽかか？」

「うん。あったかくて、気持ちがいいねってこと」

「そっか。ぽかかだー」

「うん。ぽかぽかだねー」


ヴァンによると、リュイアのおじいさんであるシバ——とても力のある大魔族と呼ばれる人——は、リュイアのことを溺愛しているらしいのだが。

こうしてリュイアと会話しながら歩いていると、その気持ちはすごくよくわかった。

あまりにもリュイアの「おじいちゃんっ子」具合がすごくて、俺はもう、老後に散歩してる気分だ。


そんなのんきな気持ちで歩いていると、幾つかのダンジョンをスルーしたヴァンが、一つの穴の前で立ち止まった。

注意深くその穴を嗅ぎ、納得したようにふんすふんすと鼻を鳴らす。かわいいなぁ……。

「リュイア、ケィタ」

「なーに？」

「ほどよいマナの気配だ。今日はここにしよう」

今の俺たちでも安全に挑めるような危険度の低いダンジョンだったようだ。

「わかった！」

「うむ。では行こう」

ヴァンが、穴に滑り込む。

「ケィタ、行こ！」

「うん」

俺とリュイアが、その後に続いた。


三日目のダンジョン探索は、一日目、二日目以上に、簡単に事が運んだ。

相変わらず、洞窟の奥からは奇妙な姿の魔物ばかり現れる。

だがこの二日でマスターした魔法を駆使すると、俺は難なくそれらの魔物たちを倒すことができた。

また、これまでの二日と大きく違っていたのは、ヴァンの魔力だ。

ゴブリン（両手にそろばんのようなものを持っていた）や、立方体型の胴体に六つの足が生えた蜘蛛のような魔物を相手に、ヴァンは自身の属性魔法【紫炎】を試し撃ちした。

ボフッ。

「ほう？」

ゴォォォ……。

「ふむ」

そうしてさらに何体かの魔物を倒した後、ヴァンは嬉しそうに言った。「悪くない」

昨日、破壊したダンジョンコアの恩恵を受け、ヴァンは自分の魔力に変化が表れていることを感じ取ったらしい。

ヴァンが魔物と戦っているとき、隣で一緒に眺めていたリュイアによれば、まだまだ本来のヴァンの力はこんなものではないというけれど。

それでも、少しでも力を取り戻せたという事実は、この気位の高いモフモフの中では、とても嬉しい出来事だったようだ。

白い、巨大なマシュマロのような魔物を倒した後、俺は少し休憩しようと提案し、リュイアのモンスターポシェットに入れてもらっていたおにぎりと水を出してもらった。

「いっただっき、ますっ！」

元気な掛け声とともに、リュイアがおにぎりにかぶりつく。そしてもぐもぐ、もぐもぐ……と食べて、「！」という表情をした。

ころころ変わる表情に癒されながら、「どうしたの？」と尋ねると、「鮭フレク！　ケイタ、鮭フレク入れた⁉」と言った。

「ふふっ。入れたよ」

「ケイタ、わかってる……！」

謎のほめられ方をされた。

「ありがとっ！」

「どういたしまして」

災害用として、家の戸棚の中に眠っていた賞味期限が長い水。その小さなペットボトル３本をそれぞれで飲み干せば、休憩は終了だ。

「よし、行こー！」

うちのパーティーの魔法石回収係兼ムードメーカーの一声で、俺たちはまた、探索を再開するのだった。

そうして、さらに何体もの魔物を倒す。

順調過ぎるほど順調な探索だったが、ヴァンが急に立ち止まった。

「どうかした？」と俺は尋ねた。

ヴァンが低く唸り、毛を逆立てた。

「ヴァン？」とリュイアも心配そうに声をかけた。

ドスッ、ドスッ。
道の奥から、不気味な音が聞こえてくる。
姿を現わしたライオンのような魔物は、六つの足を使って、のそのそと近づいてきた。
蛇のような太い尻尾で、地面を叩く。
背中には大きな翼があった。
顔があるはずの位置には、獣の頭蓋骨のようなもの。
その骨の顔が、威嚇するかのように、口を開けたり閉じたりする。
神話上の化け物――キマイラを、おぞましくしたような見た目。
だが、ヴァンは言っていた。
魔物の姿は仮初のもの。その姿に惑わされる必要はないと。
だからこの魔物も、恐ろしく見えるのは見た目だけかもしれない。
【獣が混ざり合った魔物じゃのう。脅威度は★★★《ほしみっつ》じゃな】
杖に続いて、ヴァンが言う。
「手こずるかもしれん。今までの魔物とは、魔力の大きさが違う」
あららら……。
見た目通りの、やばい相手だったらしい。
「どうしよう。一旦、引く？」
「いや。おそらくこの者は、ダンジョンボスだ」

「ダンジョンボス？」

グォー!!　と魔物が吠えた。

そして俺たちに向けて、黄色い火を吐きだした。

ボォォォォ……。

その火はわずかに俺たちには届かなかった。

だが、強さを示すには十分なパフォーマンスだった。

「この者を倒しさえすれば、おそらくダンジョンコアはもう目の前だ。何とか引かずに倒したいが……」

うーん。めちゃくちゃ、やばそうな火、吹いてるんですが……。

魔物は翼をはためかせ、俺たちに向かってきた。

迷っている暇はなかった。

「前、行きます」

「わかった。後方から援護する！」

俺が【雷球】を放ち、ヴァンもほぼ同時に紫の火を吹く。

空中を飛んでくる魔物を、二つの魔法が襲う。

だがそれが当たっても、魔物に一切の怯《ひる》む様子はない。

その怪物が摑もうとしてきた手を、俺たちは二手に分かれ、躱した。鳥のような前脚だった。

【雷球】

躱しながら、カミナリ球を撃ちまくる。

が、いくら当てても、相手に効いている様子はまるでない。

敵の体にぶつかった瞬間に、まるで魔法がなかったことにされるかのように弾けてしまうのだ。

それは、ヴァンが放つ紫の火球も同様だった。

「ヴァン、これ効いてる!?」

「敵の魔力で、我々の魔法が打ち消されているんだ！　このまま当てていけば、削れるはずだ！」

短い言葉だったが、状況はピンときた。

なるほど、魔力がバリアのような役割を果たしているらしい。

そうと決まれば、【雷球】を撃ちまくろう。

なんせ魔力量に関していえば、俺は十分にある。

【雷球】

バシュン！

【雷球】

バシュン！

【雷球】

バシュン！

ひたすら距離をとって、雷球を撃ちまくる。

隙あらば、近づいて【雷剣】をなどと思ったが、どうやらできそうにない。

敵は、やたらと黄色い火を吹いてきた。
距離をとり、それでも当たりそうになったら、防御魔法で応じる。
【雷盾】
敵が放ってくる火を、雷の盾でかき消す。
俺とヴァンが放つ魔法は、次第に、骨の頭を持つ怪物の体に、残るようになった。
どうやら、敵の魔力は確実に削れているらしい。
このまま、削り切ってしまおう。
【雷球】
【雷球】！
【雷球】‼
【雷球】！！！
【雷球】！！！！
紫色の火に炙《あぶ》られ呻《うめ》いている姿を見て、大分きてるな……と俺は確信する。
だが、次の瞬間。
敵が今までよりもはるかに速いスピードで、俺に飛びかかってきた。
【雷盾】！！！！！
バチッ！
鋭い爪にやられる寸前で、盾を出現させる。

その盾ごと、俺は吹き飛ばされた。
「うぉっ」
怪物が凄《すさ》まじいスピードで這い、俺に迫ってくる。
気が付くと、背後には壁。完全に追い込まれた。
「ケイタ！」
リュイアの悲鳴。
だが俺の心は、不思議なことに落ち着いていた。
俺を追い詰めた怪物が、勝ち誇った様子で骨のような口を開く。
その邪悪な口から、黄色い炎が吐き出された刹那。
俺の意識の中で、あの少年が歌うように囁いた。
【雷鎧《らいがい》】
俺の視界は、黄色い炎で埋め尽くされた。
ゴシャァァァァァァ……。
俺はまばたきもせずに、その炎を眺めていた。
それから自分の体を見る。
「おぉ……」
俺の全身を、白い雷が覆っている。
白雷の鎧に守られた俺は、全くもって熱さを感じなかった。

「これはいい」
なおも怪物は炎を吐き続けるが、持続時間なら負ける気はしない。
腹の底に感じる、莫大な魔力量。
力を分けてくれたリュイアとヴァンに、心の中で合掌。
ありがとう、二人とも。
頂いた魔力、存分に使わせてもらいます。
やがて、視界の炎が消えた。
「ウゴッ！！？？」
骨のような顔でも、その怪物の虚を衝けたということは伝わってくる。
「ケイタ！」
視界の端に、リュイアとヴァンの姿。
二人が無事で何よりだ。
【雷剣】
俺は右手に剣を出す。
お返しじゃい！
怪物の頭に、俺はありったけの力で、雷剣を叩きつけた。
ウガァアアアアアア……。

「ケイタ!!」

リュイアとヴァンが駆け寄ってきた。

「怪我、ない??」

「うん、大丈夫」

「よかったぁ」

リュイアはふぅと息を吐いた。

「リュイア、魔法石を回収してくれるか?」とヴァンが言う。

「あい!」

リュイアは魂が抜けたキマイラに向かって、両手を向ける。それから唇をとがらせて、呪文を唱え始めた。

ヴァンが俺の方を見た。

「見事な戦いぶりだったぞ、ケイタ。特に最後の反撃は完全に敵の虚を衝いていた。素晴らしい発想だ」

俺は笑って、首を振った。

「狙ったわけじゃないよ。ただ咄嗟に、魔力が反応したって感じだった」

「うむ、それでいい。ケイタがうまく魔力を引きだせている証拠だ」

「そうなんだ。ありがとう」

俺はヴァンの顔を、左右からわしゃわしゃした。

ヴァンは慣れた様子で、目を細めた。

「ケイタ、ヴァン、見て!!」

「ん……えっ!?」

倒れているキマイラの体が光っていた。

「おお、もしやこれは……」

ヴァンが近づいて、呟く。

光っていた怪物の体から、何かが取り出され、宙に浮かび上がる。

今までゲットしてきた魔法石よりも、明らかに大きな塊。

それがふわふわと、リュイアの前に飛んできた。

「リュイア、『保存の包み紙』を」

「あ！　そっか！」

リュイアは慌てて、肩から下げたモンスターポシェット――ガフガフちゃんの中に手を入れる。

そこから取り出したのは、若草色の少し透けている紙。

リュイアが畳まれたその紙を広げ、差し出すと、怪物から取り出された塊は、優雅にその上に着地した。

「おぉ……！」

リュイアが食い入るようにそれを見る。

「肉だな」

えっ。

「肉だー!!」

若草色の紙に載せられた、赤い塊。

キマイラから取り出されたそれは、まごうことなき肉の塊だった。

その後、ダンジョンボスの先で見つけたコアを破壊した俺たちは、本日も無事、ダンジョンから脱出するのだった。

◆◆◆

期待に満ちた、きらきらした瞳。

俺を見つめる、リュイアとヴァン。

二人の視線に負けて、俺は口を開いた。

「ええと……じゃあ、見せてもらってもいい？」

「あい！」

リュイアがいそいそと、ガフガフちゃんポシェットの口を開く。

取り出したのは、若草色の包み。

俺はまな板の上で、それを開いた。

鮮やかな赤に、網目状の白いさし。

俺のこぶし二つ三つ分はあろうかという、ごろっとした塊。

「牛肉です」と言って渡されれば、「へぇ、美味しそうですなぁ」と、何の疑いもなく受け取ってしまいそうな代物。

しかし問題は、これが得体の知れぬ魔物からとれた肉だということである……。

「本当に食べられるの？」

「うん！」

リュイアがぶんぶん頷く。

「魔物からとれた肉、すっごく美味しいよ！」

「そ、そう……」

するとリュイアは、おもむろにポシェットの口を開いた。

そこから出てきたのは、小さな魔法石と、おじいさんの杖。

トントン、と杖の先で魔法石を叩く。

魔法石が光ると、リュイアはその杖を肉に向けて振った。

【新鮮な魔物の肉じゃな。希少度は★★《ほしふたつ》！】

おじいさんの声が、はきはきと教えてくれる。

希少度、星二つ……どれくらいの珍しさなんだろう？

って、問題はそこじゃない。

リュイアがもういちど杖を振った。

【毒にも呪いにもかかっておらぬ、安全な肉じゃ。生で食べるもよし、焼いて食べるもよし！　中心に魔法石が含まれておるの。取り出すのは、調理する直前がお勧めじゃ。そうすれば、鮮度も落ちずに済むからの】

「だって！」

あ、この中に魔法石があるんだ。そして、鮮度が落ちるのを防ぐ役割もあると……。

リュイアはホクホクした顔で笑い、少し小さくなった魔法石と杖をしまった。

「ケィタ」とヴァンが口を開いた。

「私たちにとっては、この世界の食べ物よりも随分と馴染みのある肉だ。だがケィタにとっては初めてだからな。慎重になるのも無理はない」

「そう、だね」

二人が安全に食べられるのなら、まぁいいんだけど……。

「魔力に尋ねてみてくれ。そうすれば自ずと、自分の体に入れても問題ないものかどうか、たしかめられるはずだ」

「わかった」

ヴァンとリュイアがこちらの食べ物を口にするとき、やっているあれのことだな。

俺は頷き、自分の腹の底に意識を集める。

たっぷりした湖と少年の姿。

魔力さん、目の前のこのお肉、体に入れても大丈夫でしょうか……？

答えは、感覚の変化として返ってきた。

「!!」

「どうだろう？」とヴァン。

「うん」

俺は思わず、唾を飲み込む。

はっきりとわかった。

目の前の塊肉、食べても大丈夫なやつだ。

それどころか。

「めちゃくちゃ美味しそう……」

「でしょ!?」

こちらを見上げるリュイアが、弾けるように笑った。


二人がお風呂に入っている間、俺はまず、サイドメニューの準備を進めた。

野菜室の数少ない生き残りたちに、缶詰のツナをあわせ、サラダを。

乾燥わかめをお湯で戻し、いりごま、ごま油に、鶏ガラスープの素で中華風スープを。

それから満を持して、塊肉に向き合う。

感覚的には、生で食べられるほどに新鮮なものだとはわかった。

だが、量も三人でがっつり食べられるくらいにはあるし、自分の食欲に従って、オーソドックスな調理法を選択。

まずは慎重に包丁を入れ、中心に眠る魔法石を発見。

それを取り出した後は、ばすばすと包丁を入れ、見事な肉塊を三センチ角に切り分けると。

フライパンで熱し、さっと塩コショウを一振り。

調味料含め、事前に二人が食べられることを確認済みの食材で、本日の晩御飯ができあがった。

「じゃあ、食べよっか」

「うん！」

「いただきます」

「いっただっきます！」

お風呂からあがってきた二人とともに、食卓を囲む。

リュイアは小さな手でフォークをぎゅっと握ると、待ちきれないとばかりに、それを香ばしい匂いを漂わせている四角い物体へと向かわせた。

魔物の肉でつくった、サイコロステーキ。

真剣な顔で、その一かけらを自分の顔の前まで持っていくと――ぱくり。

もぐもぐもぐもぐ……。

「どう？　美味しい……？」

リュイアは、体を震わせんばかりの勢いで言った。

「ん～～おいしい～～！！！」

それから、ぱっと目を開いて、「ケィタ！　ケィタも食べてみて！」と勧めてくれる。

「あ、うん」

見た目は普通の……というか、かなり美味しそうなサイコロステーキ。

果たして。

「！」

「どう？　どう⁇」

中までしっかり火を通したのに、ほろっほろに柔らかい肉。

噛めば噛むほど、あふれてくる肉汁。

つまり。

「お、美味しい……‼」

「やったー！」

リュイアは体を揺らしながら喜んだ。

「ふむ……これは……」

満足気な声を漏らすヴァンの方を見ると、彼の皿には、もう二つしかサイコロステーキが残っていなかった。

食事を終え、俺が風呂からあがると、リュイアはもう眠っていた。

俺はリュイアに寄りそうようにして寝そべっていたヴァンに、「少し出てきてもいい？」と尋ねる。

スーパーに行って、食材を買い足したかったのだ。

今まで一人暮らしだったところに、二人の客人が現れた。

冷凍庫のストックで料理をつくるのもそろそろ限界だし、買い出しには行ける時に行っておきたかった。

わかった、とヴァンは言った。

それから彼は、「ケイタ。私たちがここにいることは、迷惑になっていないか」と唐突に言ってきた。

「え……なってないよ、何も」俺は言葉に詰まりながらも、そう答えた。

「そうか」とヴァンは言う。

「うん……じゃ、行ってきます」

「ああ。行ってらっしゃい、ケイタ」

俺は、生鮮もやっているスーパーに駆け込み、日用品やすぐに食べられるものなどを買い込んだ。

第四章　ダンジョン街

次の日の朝。

「ケイタ……？」

俺がキッチンに立っていると、居間で眠っていたリュイアが起きてきた。

「あっ、ごめんね。起こしちゃった？」

「ううん。いつも朝になったら、起きるの」とリュイアは寝ぼけまなこで言った。

「そっか。おはよう、リュイア」

「えへへ……おはよう、ケイタ」

照れたように笑うリュイア。それからキッチンの方を見て、「ごはんつくってるの？」という。

「うん。もうできるよ。食べる？」

「うん！　さきに、服を着替えてくるね！」とリュイアは言って、洗面所へと向かった。

その後にヴァンが起きてきて、三人で朝食を食べることにした。

まだ四日目に過ぎないけれど、朝起きたら二人がいるという日常にも随分慣れてしまっているな、とそれを見ながら思った。

昨日、スーパーで購入したものを朝食に出すと、リュイアは目を輝かせて喜んでくれた。

会話をしながら、三人で食べる。

「どうした、ケィタ。元気がなさそうだな」とヴァンが言った。

「そーなの？」

「いや」と俺は首を振る。

今朝、寝覚めの悪い夢を見た。

そのストレスが、少しだけ残っていた。

「大丈夫だよ」

それでもリュイアは俺の顔をじっと見て、それからテーブルに置いていた俺の手に、手を重ねた。

「……？」

「元気が出ますように！」

「ありがとう」

俺が礼を言うと、リュイアはにっこり笑った。

メンタルを癒す魔法——というわけではなさそうだったけど、俺の気持ちは少し楽になった気がした。

「ケィタ、提案があるんだ」とヴァンが言った。

「なに？」

「今日なんだが」とヴァンは言った。

「そろそろダンジョン街に行ってみないか」


朝食を終えると、俺たちは家を出た。

今日の目的は、ダンジョン街を探す――そして見つけたら、その街にいる魔族の人たちから話を聞くことだ。

ヴァンがそれを提案したときは、少し驚いた。

ダンジョン街は魔族たちがいる場所だが、必ずしも安全な場所というわけではないという。

だからこそ、ダンジョンである程度、魔力をつけてからという話だった。

その点をたしかめると、ヴァンは言った。

「ケイタのおかげで、我々は既に三つのダンジョンコアを破壊することができた。まだ元の力を取り戻したとは言い難いが、それでも二つのコアのお陰で、私も随分と魔力を得ることができた」

三個目のコアも、リュイアはヴァンに譲ったのだ。

「うん」

「それに何より、昨日の探索でケイタはダンジョンのボスを倒した。それほど難しいダンジョンでないとはいえ、それは誇ってよいことだと思う」

「うん、ケイタ、とっても格好良かった！　じぃじみたいだったよ！」

『うちのおじいちゃんみたいにかっこよかった！』なんて、おそらく人生でかけられることのないほめ言葉だ。

でも、リュイアがとてもおじいさんのことを慕っていて、魔族としても強く尊敬しているのだということを、俺はよく知っている。

だからこれは、リュイアにとって最大級の賛辞なのだろうと思った。

「ありがとう、リュイア」

「うん！」リュイアはにこにこと笑った。

「そうだな。我らの魔力を渡したとはいえ、生まれ持っての魔族でない者が、ここまで自在に魔法が操れるようになるものと、私は思っていなかった。正直、私は非魔族のこと——いや、ケイタのことを侮っていたかもしれん。ケイタは見事にそれを覆してくれた。今の我々なら、この世界のダンジョン街に行くことも、早計ではないように思う」

「うんうんっ」

「わかった。じゃあ、行こうか」

「ああ」

それから最後にヴァンは言った。

「この三日間、我らとともにダンジョンに向きあってもらって、本当に感謝する」

「こちらこそ」

俺は笑って、そう答えた。

先頭を歩くヴァンが、地面をくんくんと嗅ぎまわっている。

マナの気配をたどり、ダンジョン街を探しているのだ。

ダンジョン街をこの方法で探すと言ったとき、俺はヴァンに、「うちの近くに見つかるかな？」と尋ねた。

場合によっては、車を出したりした方が良いかと思ったのだ。

「ふむ。ダンジョンは基本的に密集していることが多いんだ。あるいはつながっていたりすることもある。一つのダンジョン街につながる穴が、幾つもあったりな」

ダンジョン街について、ヴァンはそのように言った。

「この辺りは、ダンジョンの気配が至るところからする。おそらくこれだけの数があれば、どこかには、魔族の溜《た》まり場《ば》になっている場所があるはずだ」


というわけで、地道に歩く。

三十分ほど歩くと、楽しく喋っていたリュイアの口数が減ってきたので、俺は彼女を抱きかかえた。

リュイアは、安心したように目をつむった。

今朝、彼女は起きたときに、「いつもこれくらいには起きているのだ」というようなことを言っていた。だが改めて考えても、料理の音で少し早起きさせてしまったかな、と俺は思った。

懸命に、ダンジョンから漏れるマナの気配を探っているヴァン。

俺は彼の後に続きながら、ぼんやり考え事をする。

頭に浮かんできたのは、今朝の夢のこと。

夢の中に、俺がもともといた会社の人たちが現れて、言った。

「お前、働かなくて大丈夫か？」と。

なぜそんな夢を見たのか。

その理由は、自分自身、よくわかっていた。

この数日間のダンジョンの攻略は順調だったし、楽しかった。

でも地上の俺は、いまだ無職のままだ。

このままでは、リュイアとヴァンに食べてもらう食事を買うこともできなくなるし、自分だって食いっぱぐれてしまう。

もちろんこんなこと、二人には相談できない。

二人ともこの世界に来るにあたって、この世界の人間がどのような生活を送っているのかということや常識を、ある程度は学んできたという。

それに向こうの世界でも、通貨は普通にあったらしいので、生活に仕事が必要であり、お金が必要という知識は持っているようだ。（尤《もっと》も、彼らが暮らしていた村では、ほとんど自給自足に近い生活をしていたらしいのだが）。

気を遣ってくれているのか、それとも俺が生活に十分なお金を持ち合わせていると考えているのか、二人の口からお金の話が出ることはなかった。

しかし俺の方では、自分の今後の生活やお金について、十分に考えておかなければならない。

今後、どうやって彼らと関わっていけばよいだろうか。

1000のダンジョンを攻略すること。それは会社員として月―金で働きながら、片手間に協力できることなのだろうか。


「ケイタ」

「ケイタ?」

「あっ、ごめん」

考え事に耽《ふけ》っていた。

ヴァンが、心配そうに俺の顔を見ている。

リュイアもいつの間にか、ぱっちりと大きな目を開き、起きていた。

その純粋な瞳が、俺のことをじっと見つめている。

「ごめん。えっと、何の話かな」

「大丈夫か、ケイタ」とヴァンが言う。

「ああ、大丈夫だよ」

「……そうか」

「うん」俺は二人に頷いた。

「ケイタ。ここを下りたいのだが、下りてもいいか?」

「ああ、うん。大丈夫だよ」

声をかけられた理由に気付く。

ヴァンが、河川敷《かせんじき》に続く坂を下りようとしていた。

「リュイア、重たい？　ケィタ疲れちゃった？」

「ううん」と俺は笑った。

「俺は大丈夫だよ。リュイアは眠たくない？」

「うん！　あのね、さっき夢を見たの」

「どんな夢？」

「ケィタとヴァンとリュイアとじぃじが、お城の中で暮らしているの」

「お城？」

「うん、お城。とっても大きなお城」

「へぇ。それで、どうなったの？」

「それで終わりだよ」

俺はちょっと笑ってしまった。

「それで終わりなんだ」

「うん」

意味がある夢じゃないかもしれないけど、俺の夢よりはずっとましだ。

「みんな一緒だったから、とってもいい夢」

……そうか。

リュイアにとっては、「一緒にいられる」ことに意味がある夢だったのか。

「よかったね」

「うん！」


ほどなくして、ヴァンが立ち止まった。

「ケイタ、このダンジョンがおそらく入口だ」

橋の下の斜面に、人目から逃れるようにして存在する黒い穴。

ダンジョン——そして、この穴が、ダンジョン街に通じているのだろうか。

いつものように、穴の中に入る。

迎えてくれたのは、まるで電気の照明に照らされたような地面。

今までに訪れたダンジョンは、幻想的で、どこか寂しげな青白い光を放つ苔が広がっていた。

しかしここのダンジョン苔は、電球のようなオレンジ色を放っている。


「ケイタ、見てくれ！」

先に穴を降りたヴァンが、興奮気味に俺たちを呼んだ。

「何て書いてあるの？」

看板らしき木の札が立っていた。

だがそこには、インクの汚れのような、見慣れない文字が並んでいる。

「こ、こ、そ、テゴ、ロピレレ？」

隣のリュイアが懸命に読もうとしてくれたが、どういう意味だろう。

「おそらく、ダンジョン街の看板だ」とヴァンは言った。

看板に従って、道を歩く。途中、幾つか分かれ道があったが、そこにも方向を示す看板が立っていたので、道は明らかだった。

「魔物、いないんだね」

「ああ。ダンジョン街にもよるが、大抵の場合は、道中まできっちりと討伐されていることが多いんだ」

「へぇ……」

苔の色が暖色系なのも、不思議な感じだ。

普通にライトで照らされた炭鉱の中でも歩いているような気分。

「この先だ」とヴァンはしっぽを振りながら語った。

マナや魔力の気配はわからなかったが、この先に何かがあるというのは、俺にもすぐにわかった。

音が聞こえたからだ。

音……いや、これは声だ。

細い通路を抜けたその先には。

広い一室に、大勢の人の姿。

「これは……」

賑やかな声、暖色系の光に照らされた人々の姿。

「間違いない。ダンジョン街だ」

その空間には、夜のお祭りのような雰囲気が漂っていた。


入口には、二人の人が立っていた。

茶色いローブを着、顔には仮面までつけている。

俺はその姿を見て、はっとした。

頭から、人間のものとは思えぬ角が出ている。

一人の角は、鹿の角のように広がり。

もう一人の角は、羊のように巻いていた。

おそらく、魔族なのだろう。

その人たちが、街に入ろうとした俺たちに声をかけてくる。

「×××××?」

やすりで擦っているかのような、S音の目立つ言葉だった。

意味は全くわからない。

「リュイア、魔法で言葉を合わせてくれるか」とヴァンが言った。

「わかったっ！」

リュイアは目をつぶり、唇を尖らせて、ぶつぶつ呟く。

それからしばらくすると、大きくはっきりと、言葉を繰り返し始めた。

「この魔族さんたちの言葉を、リュイアとヴァンとケィタがわかるようにしてください。リュイアとヴァンとケィタの言葉を、この魔族さんたちがわかるようにしてください……」

少女はお経を唱えるように、ぶつぶつと何度も言葉を繰り返した。

しばらくすると、彼らの言葉の意味が、一部、虫食い状態で聞こえ始める。

「×××、珍しいな。ここにシュワイロ以外の××××××」

番人二人は、何かシュッ、シュッと話している。

「シュワイロ以外から×××××、×××××骨が折れるだろうに」

「×××××××××××この世界の人間を連れている××××。×××この人間と契約を××××××。たぶん転移魔法を使って××××。だとすると、かなり遠く××」

ようやく、言葉の大半が聞き取れ始めた。

「×××こっちの世界に来たかったんだろうぜ」

魔族の一人が、リュイアとヴァンを見ながら言った。

「まぁ、悪い子らじゃなさそうだ。この街でひどい目に遭わなきゃいいが」

……なんか物騒なこと言ってないか？

「おい、この街は、よほどの暴力沙汰以外は自己責任だぜ。余計な手を貸そうなんて××××」

「わかってるさ」

仮面をつけた魔族たちは頷き合い、こちらに顔を向けた。

「そろそろだな……あ、あ。君たち。聞こえるか、聞こえるか」

「できた！」リュイアが目を輝かせる。

仮面の魔族の一人――鹿角の人が、リュイアに言った。

「おお、嬢ちゃん。上手に出来たじゃないか」

仮面の男が手を伸ばし、リュイアの頭をポスポスと軽く叩いた。その指に肉はなく、骸骨のような骨だった。

「リュイアです！」

「リュイアちゃんか。素晴らしい。おじさんたちも一応、言葉を合わせる魔道具は持っているんだが……なんせ使う機会がないもんでね。リュイアちゃんが上手にやってくれたもんで、助かったよ」

「ありがとございますっ」リュイアが頭を下げ、にこりと笑った。

「さて、と。シュワイロ以外の世界から来たなんて、珍しい客人だ。ようこそ、ダンジョン街テーゴロへ。我々は、このダンジョン街の管理をしている『テーゴロ会』の人間でね。おっともしかすると、ダンジョン街に来たのははじめてかい？」

「いや」とヴァンが言った。

「我らはクラドワットから来たのだが、そこにあるダンジョン街なら、何度かは訪れたことがある」

「おーう君ら、クラドワットから来たのか！　そりゃまた、随分と遠いところから来たもんだ」

「彼だけは違うがな」とヴァンが俺を紹介する。

「わかるさ、君はこの世界の人間だろ？」

「はい。藤堂と言います」

「うん、よろしく。人間はかなり珍しい。この街には、ほとんどいないよ」

鹿角の男が差し出してきた骨だけの手を、俺は握った。不思議と冷たくはなかった。

「シュワイロの人間は、どうやってこの世界に来ている？」とヴァンが尋ねた。

「ああ。この世界の住人との契約のことかい？　だったら心配はご無用だ。シュワイロからは、皆、ダンジョンを通ってきている」

「なるほどな……」

「クラドワットからだと、やはり転移魔法かな？」

「ああ」

「そうなると、契約が必要ってわけだ」

骨の指で、魔族は俺を指し示して言った。

「そうだ」

すると羊の角の魔族が、「おい」ともう一人を小突いた。

「あぁ。これは失敬、話がそれたな。このテーゴロ街の話に戻ろう。まぁ、魔族の君たちがわかっていそうだから、詳しい説明は不要だろうが、幾つか。ダンジョン街には、通常、色んな世界からの旅人がやってくる。ま、このテーゴロにいるのは、ほぼ全員がシュワイロ、つまりこの世界から最も近い異世界からの客人だが、それでも、色んなやつがいることには変わりない。一応、我らがテーゴロ会がしきらせてはもらっているが、基本は個人の判断に任せてあるからお気をつけて。クラドワットにあるダンジョン街でも、その辺りは同じかな？」

「まぁそうだな」とヴァンが頷く。

「じゃあ、話が早い。暴力沙汰はもちろん禁止。だがそれ以外は、原則、自己責任だ。あんまりうちも助けてやれないから、いざこざに巻き込まれないよう気を付けてくれな？」

「わかった」

「それじゃ、通行料だ。シュワイロの通貨は持ってるか？」

「いや。だが魔法石なら多少はある。使えるか？」

「おーう、もちろんだ。見せてもらおうか」

「あい！」

リュイアがポシェットから魔法石を取り出す。

「ちょっと待て、お嬢ちゃん。そいつはもしかして、魔法かばんかい？」

仮面をつけた魔族が、素っ頓狂な声をあげる。

「その小ささで、もしかして、かなりの量が入るのかい？」

「へへ、かなり入ります」

「ほぉ、そいつは良いアイテムを持ってるなぁ。さすがは遠方の異世界からの客人だ。おっ、魔法石もたっぷりあるじゃないか」

これまで三人でダンジョンに潜って集めてきた魔法石。

リュイアの小さな手の平いっぱいにのっている。もちろんポシェットの中には、あとひと山、ふた山分くらいはあるだろう。

「よーし、リュイアちゃん。この天秤《てんびん》に載せてくれるか？」

仮面の男が、ローブのポケットから天秤を取り出す。

片方の紐《ひも》には、魔法石だろうか、紫の石が吊《つ》るされている。

俺たちがダンジョンでかき集めたものは真珠やビー玉くらいの大きさのものばかりだったが、その紫の石は、握りこぶしくらいの大きさだった。

「入場は、三人でいいのかな？」

「ああ」とヴァンが答える。

「じゃあ、三回分だ。リュイアちゃん。こっちの皿に魔法石を載せてくれ」

「あい！」

俺が不思議そうに見ていると、「ああやって、魔法石に含まれた『マナ』や『魔力』のつり合いを見るのだろう」とヴァンが教えてくれた。

リュイアがざらざらと魔法石を片方の皿に載せると、反対側に吊るされた石とのつり合いがとれ、天秤は水平になった。

使われた石は、大小さまざまだが十個前後だろうか。

「よし、もういっちょ」

さらに、十個。

「ほい、これで三人目だ」

足りなくなった分をポシェットから取り出し、支払い終えた。

「はい、ありがとう。それじゃ、あとはご自由に。ダンジョン街テーゴロ、お楽しみあれ」

入場料を払い終えると、仮面の二人はあっさりと俺たちから離れていった。


「ケイタ。まとまって歩こう」

街を行きかう大勢の者たち。その声や音にかき消されぬよう、ヴァンが言う。

「わかった」

俺がリュイアの手を握ると、「ケイタ、あの」と彼女は言った。

「おんぶ、だめ？」

「大丈夫だよ」

俺は彼女のことを背負った。

「これでいい？」

「ありがと」とリュイアはほっとした様子で言い、「いっぱいいるね……」と緊張気味に呟いた。

「本当だね」

当たり前のように人が歩いている。

そして両脇に並んでいるのは、屋台のような感じの出店、地面に布を敷いた露天商。

なんだか、本当に夏祭りに来たみたいだ。

個人的には、地元であるような夏祭りの雰囲気は嫌いではないのだが、ある一点に気が付き、急に緊張感が高まる。

この人も、やっぱりこの人も……。

誰一人として、人間の姿をしている人がいない。

ある者は、黒い牛のような頭を持ち。

あるいは別の者は、剝《む》き出《だ》しの二の腕が緑の鱗《うろこ》で覆われており、頭部はワニのよう。

異世界からの客人。魔法が使える者たち――魔族だ。

服装からも、明らかに現代日本で暮らす人々ではないことがうかがえる。

分厚い甲冑《かっちゅう》。尖ったブーツ、怪しげなマントに、顔まで隠した包帯。

しかもそのどれもが、なんというか……ガチ感がすごいのだ。

映画の撮影や、ミュージカルのための衣装、あるいはコスプレーヤーが着ているような派手で煌《きら》びやかなものが多いのだが、近くで見れば、彼らが『魅せる』ためにそれを着ているのではないとわかる。

使い古され方やくたびれ具合、はたまた大小様々な傷のためか。

皆、必要に応じて身につけた衣装であり、日常的にそれを着ているということがひしひしと伝わってくる。

しかもその衣装から出ている手足、首は……全く人間のものではないのだ。

これもう……異世界じゃん。

改めて、とんでもないところに迷い込んでしまった。


「あのさ、ヴァン」

「どうした？」

「この街にその……俺みたいな人間はいないのかな？　ほら、リュイアとヴァンみたいに、人間と契約した人たちは」

「ああ、そうだな。さっきの番人も言っていたが、どうやらこの街にいるのは、最も近い異世界から来ている魔族たちばかりらしい。ケィタ。私とリュイアがこの世界に来る際、転移魔法を使ってきたという話をしたのは覚えているか？」

「うん。村の魔法陣を使って……」

「そうだ。我々がいるクラドワットは、この世界から最も遠い異世界の一つだ。だから幾つかの欠点がありつつも、すぐに移動できる転移魔法を使うのだと説明したな」

「うん」

「一方、この街に来ている者たちは、もっと単純な移動方法でここへやってきているんだ。さっき番人から聞いた話によれば、ダンジョンを通じて、別の世界へ行く方法だな」

「ダンジョンを通じて？」

「ああ。どの世界にも、ダンジョンの入口となる黒い穴が存在するわけだが、実はこの黒い穴というのが、ダンジョンの中に存在する場合もあるんだ。黒い穴に潜って、ダンジョン①に入る。その奥へ進むと、ダンジョン②へと通じる黒い穴が発見される、といった具合にな。これを繰り返していくと、ダンジョンからダンジョンへと移動できるわけだが、そうするといつの間にか、自分が住んでいた世界のダンジョンから、他の世界に存在するダンジョンへとたどり着くことがある。彼らはそういう原始的なやり方で、このテーゴロ街にやってきているみたいだな」

「なるほど」

「世界から世界への移動方法は、どれも一長一短だと伝えたな？」

「うん」

「転移魔法のメリットは、離れた世界でも瞬時に移動できること。デメリットは、正確な転移先が指定できないことに加えて、現地の者たちと契約を結ばなければ、その世界との接点が持てず、亡霊のように彷徨うことになることだ」

改めて聞くと、なんともデメリットの大きな転移方法だ。

「それに対して、複数のダンジョンを通って、よその世界に移動するというやり方。メリットは、ルートさえ間違えなければ、毎回、同じ場所に到着できること。そして、わざわざ現地の者たちと契約を結ぶ必要もないこと。転移魔法とは、真逆のメリットだな」

このメリットだけ聞くと、ダンジョンを移動する方がかなり安全そうだけど……どんなデメリットがあるのだろうか。

「デメリットは、かなり骨が折れるということだな。他の世界に通ずる近道を運よく発見できた場合はよいが、大抵はダンジョンを何十回も移動しなければならない。労力もかかるし、危険も伴う。だがこの街がこれだけの魔族で賑わっていることを考えると、シュワイロからこのテーゴロ街へは、よほど近いルートが発見され、整備されているのだろう」

「なるほど」

ということは結局、この街にはほとんど人間がいないということか。

海外を訪れたときの比ではない緊張や、場違い感だ。

「あんたたち、見慣れない顔だナー！」

突然、声をかけられ、そちらを見る。

そこにいたのは、かぼちゃのように膨らんだ黄色のパンツに、白の布っぽい服、目の覚めるような青い上着を羽織ったネズミのような男――顔がネズミに似ている人間などではなく、本当に動物の顔をしている――だった。

頭部に巻いた金色のヘアバンドのようなものをがしがしと掻《か》きながら、男は熱心に話しかけてくる。

「テーゴロに来るのは、もしかして、はじめてじゃ？」

「どうしてそんなことを聞く？」

ヴァンの声は低く、尖っていた。

「ナハハ。そんなに怖い顔しないでくれよ！　おいらは、チュートヌ。この街で新しい顔を見つけたときニャ、案内しているのさ」

「それで、よくわかっていない奴から金をふんだくるのか」

「もー、白い毛の旦那！　おいらはそんなことシナイって！」

「ふん、どうだか。どこのダンジョン街にも、あんたみたいな奴はいるだろうからな」

「わかったよ、ちゃんと先に言っておく！　案内料は、魔法石五つ！　どんなに小さいモンでも構わないよ！　それさえもらえりゃ、おいらは大満足、それ以上ボらないし、変な店を勧めたりもしない。どう？」

ヴァンが、俺を振り返る。

「どうする？」

「ヴァンはどう思う？」

「魔法石五つなら、まぁ悪くはないが……リュイアは？」

「リュイアは、ケイタとヴァンについていくよ？」と彼女は言った。

「わかった」ヴァンが唸る。

「そうだな、魔法石五つならまぁ悪くはないし、思った以上の規模の街だ。案内係がいるに越したことはない……渡していいか、ケイタ」

「そうだね。そうしよう」

「話、まとまったカー？」

「本当に魔法石五つでいいんだな？」

「おうっ」

「大きさも種類も問わない、と」

「もっちろん！　このチュートヌの言うことに、二言はナい！」

「わかった。じゃあ先に三つだ。こちらのいう通り案内してくれたら、あとで二つ渡す」

「フーッ！　用心深いね、真っ白な旦那ァ！　よろしい、ではそういうことで」

リュイアを一度下ろして、ポシェットから魔法石を取り出してもらった。

リュイアから、多めに魔法石を受け取り、そのうちの小さな三つを手渡す。

「わぁ、こりゃ赤字だー！」

「嫌ならやめるか？　これだけ大きい街なら、案内の仕事をやっているのはあんただけじゃないだろう」

「うそうそ、冗談だよ、冗談！　真っ白な旦那、あんた、手厳しいィねェ！」

チュートヌというネズミの男と、ヴァンが交渉している。

俺は、リュイアが委縮しているようだったので、「大丈夫？」と声をかけた。

「うん、大丈夫だよ……でも、ちょっと怖いの」

リュイアはおどけるように肩をすくませた。

「知らない人、いっぱい」

「そうだよね」俺は頷いた。

「ケイタ、リュイア、目をつぶっててもいい？」

「いいよ」

「でも……」リュイアが不安そうに言う。「目をつぶったら、リュイア、寝ちゃうかもしれない。いい？」

眠ってしまうのか……と少しおかしかったけれど、彼女が真剣だったので、俺も真面目に頷いた。

「大丈夫」

「ありがと」

リュイアはほっとしたように笑った。

俺は再び、彼女をおぶった。

ヴァンが何事か話したあと、「ふむ。さぁ、案内してくれ」というのが聞こえた。


ネズミの男に案内されて、ダンジョン街『テーゴロ』を歩く。

「あれが武器屋。ここらじゃ一番安いけど、まぁ物はそれなりだ。あっちは、呪いに詳しい女の店だな。大事なアイテムが呪われたときニャ、世話になるといい」

立ち並ぶ店を、淀《よど》みなく説明するチュートヌ。

ネズミ男の言葉もわかるし、看板に並ぶ文字も、見たことのない記号の羅列なのに、なぜか意味だけは理解できる。

ヴァンに聞くと、「リュイアに言葉を合わせてもらったからな」との答えが返ってきた。

どうやらあの一回の魔法で、入口で番をしていた魔族たちの言葉――この街で使われるシュワイロの言葉が、ひと通り理解できるようになったらしい。かなり便利な魔法だ。

ヴァンはネズミの男に対して、色々と質問していた。

この街には、シュワイロの通貨に交換できる場所もあるが、大抵の店は魔法石のままでも取引に応じてくれるとネズミが説明している。

立ち並ぶ店に目をやると、この街にはあらゆるものが揃っていた。

ダンジョンで魔物と戦うためのあれやこれや。

それだけでなく、それこそお祭りのように、その場で食べられるであろう物も売っていたし、野菜や果物のようなものを木箱に山積みにして売っている店もあった。

ダンジョンでかき集めた魔法石を、この街ではお金として使うことができる。

そしてリュイアとヴァンは、一度でもこちらの世界の人間（俺）とのつながりが生まれてしまえば、こちらの世界のダンジョンへも彼らだけで入れるのだと言っていた。

もし俺が再び会社員として働き始め、彼らに協力することがほとんどできなくなったとしても。

この街があれば、二人は俺の力なんかに頼らずとも生きていけるかもしれない。

ネズミの男に熱心に尋ねるヴァンを見ながらそう思った。

「へぇ〜、白い旦那、クラドワットからやってきたのか！」

先を行くチュートヌが、ヴァンに話しかけている。

「こりゃまた随分と遠い世界からやってきたんだナァ。この街もそうだが、そもそもこの世界のダンジョンに来てる魔族の大半は、シュワイロからだぜ。おいらもここの案内人としちゃ短くはないが、クラドワットから来たなんて、はじめて聞いたゾ」

「そうか」

「マー、でも現地の人間が入ってるてのもめーずらしい」とチュートヌが俺を振り返る。

「そっちの人間の旦那は、たぶんこの世界——地上で生活してた人だろ？」とチュートヌが上を指差す。

「そう、ですね。まぁ……」

「ひゃー、めっずらしい。せっかくなんで握手してくだせぇ〜人間の旦那！」

男が差し出してきた手を、俺は握る。チュートヌの指には、幾つもの指輪がじゃらじゃらとはめられていた。

そのうちの一つ、緑の石がついた指輪がぎらっと光る。

背筋が寒くなるような、気味の悪さを感じた。

「さ〜て。もうボチボチ、一周ですね。あそこまで戻ったら、私はお役御免と致しましょう」

円状のフロアを、店に沿ってぐるりと一周し、元の入口が近づいていた。

街は広く、三十分近くかけて歩いただろうか。しっかりと案内してもらえたことを考えれば、魔法石五つはかなり良心的な値段設定だったのかもしれない。

後払いにしていた二つの石を渡そうということになり、先を歩いていたチュートヌとヴァンがこちらに戻ってきた。

リュイアから多めに預かっていた魔法石を渡そうと考え、一旦リュイアを降ろそうとすると、彼女はもうほとんど眠っていた。

「ケイタ、リュイアを私の方に。一度眠ると、なかなか起きないからな」とヴァンが言った。

言われたとおり、リュイアを彼の背に乗せる。

するとヴァンは、俺の手を見て言った。

「ケイタ、どうしたんだ、その手」

見ると、俺の右手の甲に、青いブツブツした何かが広がっている。

え、なにこれ。

「さて、では残りのお代を……ってどうしたネ!? 人間の旦那！」

チュートヌが、俺の手を見て大声をあげた。

「あーこりゃいけまへん!! 呪いですわ！ 旦那、いつかかったンどす？」

「呪い……？」

青いブツブツは、手の甲から徐々に腕の方に広がっている。

おいおい、なんか不味くないか……？

「あ〜えらいこっちゃヤデー！ とりマえず、近くの店、行きまヒょか！」

チュートヌが俺を連れてきたのは、彼が何番目かに紹介してくれた「呪いに詳しい女の店」だった。

「すみません、お姉さん。この人呪いにかかったみたいで……治してもらうコと、できます？」

「もちろんですわ」

黒いフードを被《かぶ》った女性。顔の前も、うっすらと黒い布で隠しており、ほとんど見えない。

「あら、これはまた酷《ひど》い呪いにかかって……」

「一体、どこでこんなものもらったんデショ？」

「すれ違いざまにでもやられたのでしょう。この街も、随分物騒になりましたからねぇ」

「ホぉ、そんなもんか。しかし、治せそうなもんかね？」

「ええ、もちろんです。お辛いでしょうから、すぐにお治しいたしましょう」

どんどん話が進んでいく。

腕の状態は気になるけど、何か嫌な予感が……。

「あの、ちょっと……」

俺の言葉は、チュートヌの声に遮られた。

「ぜひぜひ！　お姉いさん、頼みマスわ」

「かしこまりました。それではまず、この石に手を載せて……」

俺が動くよりも前に、女性は俺の手をとって、テーブルの上に置かれた水晶玉のようなものにつける。

すると透明な玉の中に、何か濁ったものが蠢《うごめ》いているのが見えた。

女性はそれをちらっとたしかめると、ぶつぶつと呟き、それからはっきりと宣言した。

「この者の呪いを……解き放て！」

女性がそう言った途端、彼女の指輪についている赤い石が光った。

そして俺の手の甲や腕に広がっていた青いぶつぶつは、まるで最初からなかったかのように消《き》え失《う》せた。

「……！」

「どうでしょう」と言い、女性は俺の手を透明な玉から離した。

「ありがとうございます。治ったみたいですが……」

「そりゃあ良かった！　このおねえさんに感謝ですな～」

「え、ええ」

治してもらえたから、感謝するべきなんだろうけど……なぜかそういう気持ちになれない。

なんでだろう？

すると女性は言った。

「では、お代を頂戴いたします。はじめてのお方とお見受けしましたから、少し負けさせていただいて、魔法石を百五十ほどいただきましょうか」

「は、百五十!?」

思わず、声をあげてしまった。

「ええ。解呪ですから、それなりの金額いただいておりまして……」

「ちょっと待ってくださいね」

百五十個の魔法石といえば、下手すると今までに集めた魔法石、全部差し出すことになる。いや、それでも足りないかもしれない。

「おい。さすがにそれはぼったくりではないのか」と、それまで黙っていたヴァンが口を開いた。

「なっ、なんてこと言うんですか!?」呪いの店の女性は気色ばんだ。

「アー！　白い旦那!?　店の人にそんなこと言っちゃだめですよ!?　この人はちゃんと呪いを解いてくださったわけで、ネエ、治りましたよね？」と俺を見るチュートヌ。

「たしかに、治ったとは思いますが……」

「ほらね、人間の旦那もそう言っておりますし」

「それにしても高すぎやしないか。すぐに治るものだったようだし」

「いや〜そりゃあもちろん、この方の解呪の腕がいいわけで……」

「どうだろう。あまりにもすんなりと呪いが解けたじゃないか」と、ヴァンは続けた。「まるで最初から呪いの種類がわかっていたような」

「何がおっしゃりたいんです！」

店の女性が声を荒げた。

「何が言いたいのだと思う？」

ヴァンも一歩も引かない。

俺はヴァンの背中からリュイアを引き取って、抱きかかえた。彼女はこの喧噪の中でも、ぐっすりと眠っていた。知らない人に緊張するとは言っていたけれど。意外と肝が据わっているのかもしれない。

いずれにせよ、こんな状況をリュイアに見せずに済んだことは、不幸中の幸いだ。

「旦那……呪いは実際に解けたわけだし、そりゃ少し値が張るかもしれませんが」

チュートヌが二人の間を取り持とうとする。

「ごめんなサイね、店のお姉さん。この方々、テーゴロははじめてでして、なんとか大目に見てやって欲しいのですが」

「チュートヌさんがそうおっしゃるなら、少しはお安くさせていただこうとは思いますが」と女性は言う。「いかほどお安くいたしましょう？」

「安くする、しないの話ではない。何か不自然ではないかと言っている」とヴァン。

「はぁ!?」

「ねぇ、人間の旦那もお連れの方に言ってもらえませんかい？」

俺はヴァンの方を見る。ヴァンは冷静だ。闇雲に腹を立てているわけではない。

「俺もそう思います」

「エエ!?」

「治していただいたことはありがたいですが……正直に言えば、騙《だま》されている気がします」

女性が立ちあがった。

「私の力が嘘だとおっしゃりたいの!?」

その鋭い声が、ダンジョン街の賑やかな雰囲気を荒立てた。

道を行く何人かが、こちらをちらと見た。

俺は違和感の正体について考える。

なんか騙されているような、ぼったくられているような。

だけどそれは値段だけの問題じゃなくて……。

「おい、何の騒ぎだ」

見ると、大柄な男が二人立っていた。

チュートヌとは違う趣だが、彼ら二人もネズミらしき魔族だった。

二人は似た格好をしていて、オーバーオールのような服に、とがった帽子をかぶっていた。帽子の色に赤、青という違いはあるが、それ以外はほぼ同じ服装だ。

「ああ、ギース、バンパ！　ちょうどよいところに来た。今この方々が、ちょいともめていてね」

「なんだ、何でもめているんだ」赤い帽子の方が言う。

「この人間の旦那が呪いを解いてもらったんだが、後から『値段が高い』と言って、支払いを拒否してルのさ！」

「そりゃあ、不味いんじゃねぇの？」と青い帽子の方が言った。

「ここはダンジョン街だぜ。何かをしてもらったら、それなりの対価を払うってのが常識じゃねぇか？」

「いや、おいらもそうは思うんだがね～」

「常識も何も、提示された額が大きすぎる」とヴァン。

「それに、何かがおかしい」

「ちょっと⁉」

店の女が、目を吊り上げる。

「高いって言ったって、呪いを解いたんだろ？」赤帽子のネズミの、威圧的な声。

「俺も詳しくはわかんねーが、そういう難しい技術には普通、高い対価が払われて然《しか》るべきじゃねぇか？」

「難しい呪いを解いたようには見えなかったがな」

「さっきから何なのよあんた！」

「ストップ、ストップ！　旦那も、お姉さんも、落ち着いてくだせぇ！」とチュートヌ。

「んじゃ、こうしましょ」と彼は長い指を立てた。

「ここはおいらの顔に免じて、お姉さん、安くしてやってくれませんか？　白い旦那も納得はいかないかもしんねーですが、それで、手を打ってくだせぇや」

「まぁ、チュートヌさんがそう言うのなら……」

不服そうに、店の女性は言う。

「それでいくらです？」

「そうですね～、先ほどいくらとおっしゃいましたっけ？」

「魔法石で百五十」

「はいはい」

チュートヌが長い指を八つ立てた。

「では、百五十から一つ、二つ、指を引かせていただきまして……百二十。百二十でどうです？旦那方」

俺はそのときになって、違和感の正体に気が付いた。

「そうか、この男もグルなんだ」

「……へ？」

指を立てたまま、チュートヌが固まった。立てた指には、緑の指輪が光っていた。

「呪いがかけられたと思ったら、流れるように店に連れてこられて。気が付いたら、大量の魔法石を要求されている。嵌《は》められたとしか思えません」

背後から声をかけられる。

「おいおい、あんまり物騒なこと言うもんじゃねぇよ」

赤帽子の男だった。

「せっかくチュートヌが場をおさめようとしているのに。悪いことは言わない。ここは大人しく払いなって」と、俺の肩にどかっと手を置く。

「そうだぞ。魔法石三十コもまけてもらえるなら儲《もう》けもんじゃないか。あんちゃんたち、運がいいぜ」と青帽子の男も。

この人たちも、グルか……。

「その指輪じゃないですか？」

俺はチュートヌの指で輝く、緑の石を指差した。

「さっき俺が握手したとき、指輪が光るのが見えたんです。それと同時に、なんだか背筋に冷たいものも感じましたし。その指輪って、何か魔法の力があったりしませんか？」

「……ヤダナー、人間の旦那。これはただ、綺麗だからつけているだけですよ。別に変な力はないですって」

ヴァンが言った。

「その指輪、よく見せてくれ。呪いをかけるような悪質なものなら、気配でわかるはずだ」

「……だーめですよ、だめ！　白い旦那も悪い人だなー。そうやって、変な理由をつけて払わないおつもりでしょう？」

「違う。もし何もないのなら、諦めて魔法石も払おう」

「なぁ、あんちゃんたち」赤帽子のドスを利かせた声。

「そういうのはやめた方がええぞ。急に指輪に呪いがあるとかなんとか、そんな因縁つけるもんじゃない」

低い声で、青帽子も続く。

「せっかく安く済ませてくれようとしているのに、それは違うんじゃないか」

「そんなに言うんだったら、俺たちも知り合いがいちゃもんつけられてるとこ、黙って見てられねぇよ」

雰囲気が徐々に険悪になり始める。

俺は入口の方を見る。

そこにはこのダンジョン街をしきっているという人たち、「テーゴロ会」の魔族たちの姿。

だが彼らははっきりと言っていた。

暴力沙汰は禁止。

一方で、それ以外のことは自己責任。

それは裏を返せば、このネズミたちだって、俺たちには簡単に手出しできないということではないだろうか。

そうであるならば、脅しに屈して、弱気な態度を見せてはいけない気がする。

すると、声が聞こえてきた。

「何をしているのですか」

氷のように冷たい声だった。

「あぁ？」

輩のような口調で、赤帽子が反応する。が、すぐに表情が一変した。

「あ、あんたは」

「氷姫《こおりひめ》……」と青帽子が呟いた。

そこに立っていたのは、こちらに冷ややかな目を向ける女性だった。

驚いたことに、彼女の顔は熊でも羊でもなく……紛れもなく、俺と同じ人間だった。耳や角などもついていない。

二十くらいの歳《とし》だろうか。

しかし彼女の服装は、このダンジョン街でみても違和感のない、異世界然としたものだった。

先ほどまで威圧的な声を出していた赤い帽子のネズミが、「あ、いやこれはあの……」と口ごもっている。

「何をやっているのかと尋ねているのです」

「……」

「……」

大きな体躯《たいく》のネズミたちは、完全に沈黙してしまった。

凍った場を和ませるように、陽気な声があがる。

「おヤー、これは氷姫殿！」

チュートヌだ。だが彼の口調にも、先ほどまでとは違って、どこか緊張が感じられた。

「お噂《うわさ》はかねがね。お元気にされておりマシタか？」

「もう一度、聞きます。あなた方は何をしていたのですか」

「えートー、私どもは今、この人間様がはじめてこの街に来られたということで、ええ、少し案内をさせていただいておりましテー」

「それで？」

「アッ、ハイ。えーそうしたらばですね、この人間様、アノー、ものすごくご体調が悪いということでですね。ハイ。それでアノー、こちらのお店にお連れしてですね、呪いを解いていただいたという次第でございますー」

「魔法石で百五十」

「……はい？」

「まけて、百二十」

「……」チュートヌの顔が青ざめている。

「私の耳にはそう聞こえたのですが」

女性の切れ長の目が、呪いを解いた女の方に向けられた。

「まさか、呪いを解くための値段じゃありませんよね」

「ヒィッ！」

店の女の口から、悲鳴が漏れる。

本当に怖いことが起こると、「ヒィッ」っていうちゃんとした悲鳴が出るもんなんだな……と妙に感心してしまう。

チュートヌが硬直した笑みのまま、「ひゃっ、百五十ですか？　やだな〜十五コの間違いでしょう。ね、お姉さん」と店の人に話を振る。

店の女は、首を激しく縦に振った。

「そうなんですね？」

氷姫と呼ばれた女性は、今度は、二人の大男ネズミを見た。

よく見ると、彼らは寒空の下にいるかのようにぷるぷると震えている。

そして店の女同様、首がとれるのではないかと心配になるほど、激しく縦に振った。

「でもマ〜、氷姫様のお知り合いだったのですね⁉　それならここはわたくしめが払わせていただきますよ。ウンウン、これも何かの縁ですから」

「別に知り合いじゃないです」

彼女は冷たく言い放った。

「ヘッ？？？」チュートヌが目を白黒させる。「ハハッ、お二方知り合いじゃない。ンーでもまぁ、大丈夫です！　ここはわたくしめが！」

そう言ってチュートヌは、呪いの店の女が座っている机に、投げつけるように十五の魔法石を置いた。

「ハハハハハ……」

もうチュートヌがどれほど陽気に振舞おうとしても、凍りついた場は取り戻せない。

「じゃあ、もうこれでいいですね」

「えッ、ええッもちろんでございます！！！」

すると、彼女は俺の方をちらと見て、「ちょっと、ついてきてもらってもいいですか」と言った。

「あ、はい」

俺が頷くなり、彼女はスタスタと歩き始める。

ヴァンを見ると、俺と同じくらい戸惑っている。

「行こう」

戸惑っているヴァンに、俺は声をかける。

ヴァンは「ああ」といい、スタスタと先を行く女性を追いかけ始めた。

俺は後ろを振り返った。

チュートヌを含むネズミ三匹と、呪いの店の女性（顔を隠しているからわからないが、彼女もたぶんネズミだろう）は放心状態だった。

「お世話になりました。それじゃ」

一応、案内してもらったということもあるしと、俺は礼を言った。

するとチュートヌは、悔しそうに顔をゆがめた。

最初から最後までずっと陽気に振舞っていた詐欺師の仮面が剝がれた瞬間だった。

正直、ちょっとスカッとした。

あれだけびびっている様子だと、今後、ヴァンやリュイアがこの街へ来たとしても、チュートヌたちには、ちょっかいかけられないだろうなとも思った。

氷姫なる人物に感謝だ。

俺はチュートヌたちに背を向けて、その場を離れた。


氷姫と呼ばれた女性は、とにかく早歩きだった。

追いつくまでに苦労したし、さらに追いついてからも歩幅を合わせるのに一苦労。

最近は、リュイアに合わせて歩いていたから、かなり無意識の歩速も落ちていたんだなと思わされる。

「あの、ありがとうございました。助けていただいて」

俺は率直に礼を言った。

すると彼女は冷ややかな目で俺を見て、「いえ」と一言だけ言った。

それ以上、もう何も話せないような空気感だった。

賑やかなダンジョン街を、俺たちは無言・早歩きで抜けていく。

そしてとうとう、看板が立っている出口まで来てしまった。

その場に立っていたテーゴロ会の人たちに、俺は会釈する。

彼らは頷いたが、目は明らかに氷姫の方を向いていることがわかった。

大勢いた人たちから離れ、氷姫は立ち止まった。

「このあとって予定ありますか？」

「ええっと……」

俺はヴァンの方を見る。ヴァンは小さく首を振る。

「いえ、特にはないですね」

「そうですか。じゃあ、このまま一緒に来てもらえますか」

「えっと、どこにですか？」

「地上です」

氷姫は、突き放すように言った。

「どこから来ましたか」

ダンジョン街を出て、出口に戻るまでの数少ない会話の一つは、彼女のこの質問だった。

「この街への入口、幾つかあると思うんですけど。どの穴から入りました？」

「えっと、河川敷の橋の下の」

「歯医者の手前にある橋ですか」

「あっ、そこです」

「わかりました」

会話は以上、おしまい。


戸惑う俺とヴァン、ぐっすり眠っているリュイア。

そしてダンジョンの出口——俺たちが入ってきた穴にたどり着いた。

「じゃあ、先に行きます」

「あ、はい」

氷姫が、慣れた様子で宙に舞い上がる。そして頭上の黒い穴に吸い込まれた。


そういえば、ダンジョンの入口から出るのは初めてかも……と考える。

ヴァンを見ると、ＵＦＯに吸い込まれるみたいにスーッと上がっていった。

「ケイタ、これるか？」

「あ、うん」

なんとなく、やるべきことはわかっていた。

魔力に意識を向けると、すぐに体が持ち上がる感触を覚える。

すやすやと眠るリュイアを落とさないように抱え、俺はダンジョンの入口から外へ出た。


氷姫に続いて、地上へ出ると。

そこに待っていたのは――シンプルなグレーのトレーナーに動きやすそうな黒いパンツスタイルといった、ごく普通のカジュアルな私服に身を包んだ女性だった。

「失礼な態度をとってしまって、すみませんでした！」

俺たちが地上へ上がるなり、彼女は勢いよく頭を下げた。

それから顔をあげ、俺たちの表情を伺う。

「あの……不愉快な思い、されませんでした？」

その様子には、先ほどまでの冷ややかな様子はまるでない。

唖然《あぜん》とした。

「えっと……さっきの――氷姫って呼ばれてた人、ですよね？」

「あっ、こ、ここ」

彼女は耳を真っ赤にして答えた。

「こ、氷姫……って呼ばれてた者です。はい」

……人が変わった……？

河川敷のベンチに腰掛けて俺たちは自己紹介した。

「宮陽美都《みやびみと》と申します」

氷姫と名乗った女性は、近くの国立大学に通う一年生だった。

「藤堂です。二十七です」

咄嗟《とっさ》に「失業中です」と言えなかったが、かといって代わりに言うこともない。

「あ、私の方が歳下《としした》なので」と宮陽さんがぶんぶん手を振る。

「敬語とか、全然、使わないでくださいね」

「あ、はい。あっ、うん」

目が合うと、彼女はくすくす笑った。

「ええと、こっちは、クラドワットという異世界から来たリュイア」

リュイアは、まだぐっすり眠っている。どんな夢を見ているのだろう。

「私は、ヴァン・コ・ロイフォンテ。短く呼ぶなら、ヴァンと呼んでほしい」

「藤堂さんに……えっと、リュイアちゃん、ヴァンさん、ですね。よろしくお願いします。すみません、地上まで一緒に来てもらって」

「ええ、俺たちは構いませんが」

「良かった」

宮陽さんは、ほっとしたように笑った。

「少しお話できればと思ったんです」


宮陽さんは、俺たちに声をかけてくれた理由を話してくれた。

「地下の世界って、ほとんどが魔族の方々なので、自分以外の人間はすごく珍しいんですよ」

そういえば、あのネズミ男もそんなようなことを言っていた。

「それで、何かトラブルに巻き込まれているようだったので」

どうやら魔族ばかりのダンジョン街の中で、人間の俺が目立っていたらしい。

「ありがとう。助かりました」

「いえいえっ」

宮陽さんは、恥ずかしそうに首を振った。

「ダンジョン――特に多くの魔族が集まるダンジョン街では、私たちみたいな人間が歩いていると、それだけで舐《な》められることが多いんです。私も最初に訪れたときはそれですごく苦労して……」

「そうだったんだ」

「はい。それで、とにかく地下で会う魔族たちには、せめて態度だけでも弱く見られないようにって、気を付けていたんですけど」

それであんな――人を寄せ付けない態度をしていたのか。

「そしたらいつの間にか、『氷姫』っていう通り名で呼ばれるようになって。今ではもう、完全に危険人物扱いといいますか……」

どこをどう間違えたら、そこまでいくんだ……。

「でもトラブルには巻き込まれなくなったんで、いいかなって」

「そっか」

「その、藤堂さんはいつからダンジョンに潜りはじめたんですか？　テーゴロには、はじめて来られたみたいな話をされていましたけど」

「俺はえっと……はじめてダンジョンに潜ったのは、三日前くらいかな」

「え、そんなに最近なんですか!?」

「うん。三日前に、リュイアとヴァンに出会ったんだ」

「へぇ……」

「うむ、そうなのだ」ヴァンが言う。「困っている我々のことを、ケイタに助けてもらった」

「えっと、ケタ……？」

「あっ、俺の下の名前。圭太っていうんだ」

「あ、そうなんですね。圭太さん」

「うん」

「皆さんのお話、聞かせてもらってもいいですか？」

俺はヴァンと顔を見合わせた。

「ふむ。助けてもらったのだしな。別に問題はない」とヴァンが言って、話し始めた。

クラドワットから、こっちの世界にやって来た目的。

それから俺と出会い、どんな出来事があったのか。

ヴァンが宮陽さんに話していることを聞いていると、二人と過ごした時間が一気に蘇《よみがえ》ってくる。

たったの四日間なのに、とても濃い四日間だった。

『ああ、離れたくないな』と俺は改めて痛感した。

これからずっと、彼らの目的に協力して、ダンジョン探索を続けられたらどんなにいいだろう。

ヴァンの話を聞いていると、そう思わずにはいられなかった。


それから宮陽さんは、俺たちがダンジョン街に行っていた理由について尋ねてきた。

俺が話し始めると、ヴァンが「引き取ろう」と言って、俺が抱えていたリュイアのことを預かってくれた。

ヴァンはリュイアを背中に乗せたまま、器用にベンチの前に腰を下ろし、目をつぶった。

俺は、ダンジョンやダンジョン街について何も知らないから、他の魔族の人たちに会って話が聞きたかったということを話した。

それから——少し前に仕事を辞め、今後、再就職を目指すにあたって、リュイアやヴァンとどのように付き合っていけばよいかということについて考えている、ということも正直に打ち明けた。

自己紹介の際には咄嗟にためらってしまったけれど、おそらく宮陽さんにとっては「氷姫」という通り名や、ダンジョン内での態度とのギャップが、本人的にはもっとも恥ずかしく隠したかったことに違いないと感じた。それでも彼女は話してくれたから、こちらも自分のことを隠さず、伝えておこうと思った。

ダンジョンや魔法について共有することのできるはじめての地上の人だということも、話をしておきたいと思う動機となった。

「わ、そんなご事情があったんですね」

「そうなんだ。ちょうど仕事を辞めて、次の仕事何にしようかなと思っていたときに二人に出会ったから、軽い気持ちでダンジョン探索に付き合ってたんだけど。でも彼らはまだしばらくこっちにいるみたいだし。となると、俺は次の仕事を考えなきゃなぁと思うんだけど、仕事を始めたら、二人の手伝いは難しくなるかなって、葛藤してる。あ、ごめん。すごく個人的な話になっちゃったけど」

「いえいえ！　お話ししてもらえて、なんていうか……すごく嬉しいです。ダンジョンのことが話せる地上の人って、私も身近だとそんなにいませんから……」

「そっか」

するとと宮陽さんは、スマホをちらと確認した。

「2時か……。あの、まだお時間って大丈夫だったりします？」

「あー……」俺はリュイアの方を見た。しばらく起きそうにない。これは素直に家に帰してあげた方がよさそうだ。「ごめん、家に帰ってリュイアを寝かせてあげたいかな」

「あっ、そっか、そうですよね！　ごめんなさい……」

「いや、全然」

するとヴァンが言った。

「ケイタ、リュイアのことなら気にしなくていいぞ」

「えっ？」

「この感じだと、たぶん、しばらくは起きないだろう。私がこのまま家に連れて帰ろう。だからまだ用事があるなら、そっちへ行っていいぞ」

「そう、だね」

連れて帰るといっても、家は鍵がしまっている。

ヴァンが見てくれるとしても、せめて家までは送り届けたい。

「宮陽さん、うち、そんな遠くないんだけど、二人を送るだけ送ってきてもいいかな。その後だったら」

「もちろんです！　じゃあ私は……あ、そうだ。連絡先、交換してもらってもいいですか？　それで、この後合流できればと思うんですけど」

「わかった。じゃあ、それで」

俺は彼女と連絡先を交換し、一旦、リュイアをだっこして家に連れて帰った。

「ごめんね、ヴァン。じゃあ、後よろしくお願いします」

「ああ。ケイタ、私たちのことは気にしなくていい」

俺は宮陽さんが指定した合流場所へと車で向かった。

運転しながら、ヴァンの繰り返していた「私たちのことは気にしなくていい」という言葉が引っ掛かった。

ヴァンは、さっきの俺の話を聞いたから、遠慮しているのだろうか。

俺が、今後の地上での生活――主に何の仕事をするかと、同時に、どうやってリュイアとヴァンに協力するのかの。

今まで、リュイアとヴァンには話す機会がなかったけれど。

もしヴァンが聞いていたとしたら、彼にも心配をかけずに済むよう、早いところいい方法が見つけられればと思った。


「ごめんなさい、お待たせしました」と俺は先に到着していた宮陽さんを見つけ、言った。

「いえっ」

「ここ?」

「はい、このお店です」

宮陽さんが俺を呼んだのは、一軒のカフェだった。

大学の近くにあり、うちからも遠くはない。

しかしこのカフェが開いているところを、俺は見たことがない。

と思ったら、入り口前に置かれた看板に「完全予約制」と書かれていた。

カフェで完全予約制とかあるんだ……と、少なからず驚かされる。

よほど人気なのか、高級なお店なのか。

扉を開けると、吊るされたベルが鳴った。

カウンターに立っていた女性が、顔を上げた。

何歳か歳上《としうえ》の女性に見える。

眼鏡をかけていて、真面目そうな人かと思いきや、

「らっしゃっせー！」と居酒屋ばりの挨拶をしてきて、第一声から、『あっ、変な人かも』と思わせられた。

「うち、完全予約制なんで、新規、お断りでーす！」

「ふふっ。すみません、香織《かおり》さん」

「もっと可愛く謝ってみて」

「すみませんっ」

宮陽さんが手を合わせて、悪戯《いたずら》っぽく謝る。

「ふっ」

自分から言わせておいて、鼻で笑った……!?

「で、この人は？　美都の彼氏？」

「ち、違いますよ！」

宮陽さんが力強く否定する。

「藤堂圭太さんです。その……テーゴロで出会ったんですよ」

宮陽さんが、ダンジョン街の名を口にした。もしかして、この女の人も。

「あー、そう」

女性はさして興味なさそうに返事し、俺の方を見た。

「木原《きはら》香織です。はじめまして」

「はじめまして、藤堂と言います」

挨拶すると、木原さんは握手を求めてきた。俺はその手を握る。

「……？」

なんでかわからないけど、めちゃくちゃ強く握られている。

痛い……。

「ふっ」

そして鼻で笑われた。

なんか……すごい癖のある人だ……。

「余ったコーヒー飲む？」

「あっ、いいんですか？」

「いいよ。一杯五万ね」

「そこを何とか……」宮陽さんが申し訳なさそうな顔をする。

「ふっ。藤堂さんもホットコーヒーでいい？」

「あ、ありがとうございます」

「うん」


カフェの四人席に座らせてもらう。

ショーケースにはガトーショコラとチーズケーキ。

棚には、値札のついた雑貨が置かれていた。


木原さんは、すぐにホットコーヒーを持ってきてくれた。

しかも、ケーキまでつけてくれた。

「わぁ、いいんですか！」と宮陽さん。

「いいよ。人生最後の食事だと思って食べて」

「わかりました」

宮陽さんが、はきはき答えた。

宮陽さん、この人との会話の仕方にすごい慣れを感じる。

「どっちがいい？」と木原さんが俺に問う。

「じゃあ、こっちで」

「ふっ」

ガトーショコラを選んだら笑われた。

チーズケーキを選んだら、どういう反応だったのだろうか。地味に気になる。

「頂きます」

「どうぞ」

突然のカフェタイムが始まってしまった。

しかし時刻は二時を過ぎたばかり。それに、今日は昼を食べていなかったので、正直、お腹は空いていて、ありがたかった。

美味しい……と同時に、リュイアとヴァンの顔が浮かぶ。二人は、こういったケーキは食べられるだろうか。

「それで、藤堂さんをどうして連れてきたの。うちで働きたいとか？」

木原さんが、宮陽さんに言う。というか、木原さん、ケーキ食べるの早っ。もう食べ終わってる。

見た目では全くわからないけれど、普段からよく食べる人なのだろうか。

「いえ、買い取りの方でお連れしたんです」と宮陽さん。

ん？　買い取り？

「あーはい」

木原さんは、俺の方を見た。

「何買い取って欲しいの。魔法石？　それとも、魔物の肉？」

「えっと」

何の話か、よくわからない。

「あ、ごめんなさい。まだ藤堂さんには何もお話ししてなくて」

「あ、そう」

木原さんが、眼鏡をくいとあげた。

「うち、ダンジョンで取れるもの、買い取ってんのよ。ぴんきりだけど、魔法石一個で数百円～数万円。魔物の肉や素材になる部分は、まぁ綺麗な状態で持ってきてくれたら、一体当たり五千円からって感じ。どう。やる？」

「あー……やります」

やりますって言っちゃった。

「よし」

木原さんが再び手を差し出してきた。

俺が握手しようとすると、彼女はその手をチョキに変えた。

「ふっ。勝った」

木原さんは、そう言って手をひっこめ、コーヒーを飲み干した。

小学生かよ……。

木原さんはその後、詳しい話をしてくれた。

「アラマ一族っていう、この世界のことをいたく気に入っている猫の魔族たちがいるの。そいつらがかなりの変わり者でね。見込みのありそうな人間を見つけたら、率先して、自分たちの魔力を分け与えるの。それで、魔力を与えた人間同士を引き合わせて、『じゃあこの美しい世界を守るために、ダンジョンのことはよろしく』って感じで、またふらふらどっかに行っちゃう。私と美都は、二人とも、その猫の一族から魔力を与えられた口でね」

俺が宮陽さんの方を向くと、彼女はこくりと頷き、はにかんだ。

そうだったのか。

「道で見かけたちょっと変わった野良猫の相手をしてたら、気が付けば黒い穴に誘い込まれて、『我が輩はただの猫ではない。魔族である』とこんな感じで、猫だと思っていたものが急に魔法やらダンジョンやら訳のわからない話をしだす——だいたいこのパターンよ」

それは……かなり効き目がありそうな手口だ。

「そういう知り合いが何人かいて、うちにもぽつぽつ紹介されてくるんだ。あとは藤堂さんみたいに、アラマ一族絡みじゃないけど、知り合いが知り合いを連れてくるパターンね。うちはそういったダンジョン探索をする人間たち相手に、ダンジョンで取れたものを買い取って、それを元にして私が作った魔道具を売ってってことをやってるわけ」

「えっ」

「ん？」

「木原さんって、魔道具つくれるんですか⁇」

「あー、まぁね。もともとこの店は、西須賀《にしすが》さんっていう結構いい歳のおじいちゃんがやってた喫茶店なんだけど。あ、もちろんその人も、野良猫にほいほいついていって魔力を授けられた口ね」

その野良猫詐欺、被害者、多そうだな……。

「私はその人から魔道具の作り方を教わった。美都とは違って、私も西須賀さんも、魔法の属性が全然戦闘向きじゃなかったの。でもその代わりに、魔道具作りには適性があった。ダンジョン探索者の中には、『金に糸目はつけないから、とにかく質の良い魔道具をくれ』ってタイプの上得意様も結構いてね。魔道具は、魔法石をつぎ込めばつぎ込むほどいい物がつくれるから、とにかくいくらでも持ってきてくれって感じかな」

詳しい話を聞いた後、俺はカフェをお暇《いとま》させてもらった。

「遠慮せず、いくらでも持ってきて頂戴。ダンジョン関連の売買は、死ぬほど儲かるからね……」

眼鏡の奥の瞳を光らせて、木原さんはそう言った。

コーヒーを飲み終わり、お代を払おうとすると、いらないと断られた。

しかもケーキを購入させて欲しいと言うと、余った分だからと、それもただで渡されてしまった。

「ひとつ貸しね」

貸しにしなくても、払うんですが。

「わかりました!」

宮陽さんの返しの安定感、すごいな。

「ありがとうございます。ごちそうさまでした」

「うん」

店を出ると、宮陽さんにもお礼を言った。

「本当にありがとうございました」

「こちらこそです」と、宮陽さんはにこにこ笑う。

「身近にダンジョンの話ができる人が増えるのは、すごく嬉しいです。アラマ族つながりの人は、遠方に住まれている方か、もしくは自由人みたいな方が大半なんです。たまにカフェで会えたかと思ったら、大量の魔道具を買い占めて、またすぐにどこかへ行っちゃうみたいな人が多くて……」

「そ、そうなんだ」なかなかに癖が強そうな人たちだ。

「あの、」と宮陽さんが言う。

「……？」

宮陽さんはしばし躊躇って、それから言った。

「良かったら近々、一緒にダンジョンに潜りませんか？」

「あー」と俺は言う。「それは嬉しいし……リュイアとヴァンも喜ぶと思うけど……」

「はい」

「宮陽さんって、ダンジョンに潜り始めてどれくらい？」

「えっと、三年くらいですかね」

三年……！

彼女が「氷姫」なる異名を持つ人物であることを思い出す。

リュイアとヴァンは本来よりも魔力が小さくなっているし、俺は四日目の完全ビギナーだし。

「ええっと、俺たち本当に足手まといというか何もできないと思うけど……大丈夫かな」

「もちろんです！」

宮陽さんは、首を振って笑った。

「私だって、大したことないですし。じゃあ、リュイアちゃんとヴァンさんにも、お伝えいただけますか？」

「うん。じゃあ伝えておくよ」

「ありがとうございます。また連絡しますね！」

「はい」

宮陽さんは楽しそうに、カフェの中に戻っていった。


俺は車で自宅へ帰った。

気分は、かなり軽くなっていた。

ダンジョン街では、面白い店こそたくさんあったものの、トラブルに巻き込まれ、魔族の知り合いは作れそうにもなかった。

だが、宮陽さんや木原さんと知り合えたこと、そして何より「ダンジョンの物品」を買い取ってもらえるようになったことが、俺に新たな可能性を示していた。

「ただいま」

どたどたと走って来る音。

「おかえりなさい！」

リュイアとヴァンが、俺を迎えてくれた。

飛び込んできたリュイアを抱きとめる。

「起きたんだ」

「うん。へへ、お腹空いちゃった」

「そうだ。朝作ったお弁当、ちょっと遅くなっちゃったけど、一緒に食べようか」

「うん‼」

リュイアが、どたどた居間へと戻っていく。

「ヴァン、リュイアを見ててくれてありがとう」

「いや。我々のことは気にしないでくれ、ケイタ」

ヴァンがまた気遣うように、その言葉を繰り返した。

俺は思わず、ヴァンを抱きしめた。

「む？」

二人のこと、重荷になんて思っていない。

俺が二人と一緒にいたい。一緒にいて欲しいんだ。

「後で話したいことがあるんだ」

「ふむ」

「聞いてくれる？」

「もちろん」

「リュイアも聞く！」

一足先に居間に向かったリュイアが、わざわざ玄関まで引き返してきて、ヴァンと俺に抱きついてきた。


今朝つくったお弁当を食べながら、俺は自分の生活のことを話した。

この世界では、生きていくためにお金を稼がなくてはならないこと。

今は仕事を辞めているけれど、蓄えもそれほどなく、もしかしたら近々働きに出る必要があるかもしれないこと。

それでも、今日、宮陽さんから木原さんという人を紹介してもらい、その人が魔法石や魔物の肉を買い取ってくれるかもしれないということ。

「だからその……ダンジョンで集めた魔法石を、これからは少しだけ売らせてもらって、お金にしたいと思うんだけど……もちろん、二人が村に持ち帰る分もあると思うから……」

するとヴァンが言った。

「ケイタ。我々は何から何までしてもらっているのだ。魔法石も魔物の肉も。ケイタの取り分を優先してくれ」

「いいの？　でも、村に持ち帰る分は」

リュイアが、俺とヴァンとの間で視線をきょろきょろ往復させる。

ヴァンが口元に笑みを浮かべ、ふーっと鼻から息を吐いた。

「ケイタ。我々の先はまだまだ長いぞ。なんてったって、１０００のダンジョンなんだからな」

「……そっか」

「ああ。村に持ち帰るもののことなんて、後回しに決まってる。まずは私たちに尽くしてくれた、ケイタのためになることを選んでくれ。そうだよな、リュイア」

「リュイアも一緒！」

リュイアは間髪入れずに、もろ手をあげて叫んだ。


その後、木原さんからもらったケーキを二人に見せた。

ガトーショコラを、幸せそうに頬張るリュイア。

ヴァンも問題なく食べられるとのことで、チーズケーキをあっという間に平らげてしまった。

宮陽さんからの連絡は、その日のうちにあった。スケジュールを確認しあった結果、さっそく明日、一緒にダンジョンへ潜ろうという話になった。

第五章　氷姫とダンジョンへ

扉を開けると、乾いたベルの音が鳴った。


「おはようございます！」

「ミトお姉ちゃん？」

リュイアは宮陽さんをみつけるなり、俺が教えた名前を言った。

「そうです。リュイアちゃんですか？」

「はい。はじめまして」

リュイアが、これも俺の教えたお辞儀をする。

「ふふっ。はじめまして」

「えへへ」

二人の間には、すぐにでも仲良くなれそうな空気感が漂っていた。

「おはようございます、藤堂さん」

「おはようございます」

「ヴァンさん、おはようございます」

「おはよう、ミヤビ」

宮陽さんは、目いっぱいヴァンをわしゃわしゃする。

白きモフモフは、「まぁ、撫でさせてやってもいいが？」という様子で、目を細めていた。


待ち合わせしていたのは、昨日と同じカフェだ。

「おはようございます、木原さん」

「おお」

声をかけると、カウンターに立った木原さんが軽く手をあげる。

何やら真剣に作業しているのかなと思ったら、手元に持っているのは、小さな玩具だった。

ボタンを押すと水の中の輪っかが動き、それを棒の中にいれるという玩具——うわ、懐かしい。

ファミレスとかで、昔あった気がする……と感傷に浸る。

「香織さん、この子がリュイアちゃんです」と宮陽さんが、玩具で遊んでいる木原さんに紹介した。

「リュイアです！」

俺には軽く手をあげるだけだったが、木原さんはカウンターから出てきて、リュイアの前にかがむ。

「木原だ。よろしくな、リュイア」

「あい！」

「で、こっちがヴァンさんです」

木原さんは、優しくヴァンを撫でた。

「私は、ヴァン・コ・ロイフォンテ」

「木原だ。よろしくな、ワン公」

「ヴァン・コ……」

ヴァンが、物悲しげに吠えた。


「藤堂さん、こっちです！」

カフェの奥へ行った、宮陽さんが呼んでいる。

「はい」

なんだろう。

「じゃーん！」と宮陽さん。

「何がじゃーんだ」と木原さんがすげなく言う。

「わ〜！」リュイアも歓声をあげる。

「変わったところにあるね……！」

「おぉ……」

宮陽さんに呼ばれ行ってみると、カフェの奥にはトイレに繋がる通路があり。

その壁には、上げたり下げたりできるブラインドのようなもので隠された空間があった。

掃除用具なのだろう、掃除機、竹ぼうき、バケツ、雑巾……と並べられた隣に、それは平然とあった。


黒い穴。ダンジョンの入口だ。

ヴァンがその気配を確認している。

「どう？」と俺は小声で尋ねた。

「我々がこれまでに訪れたダンジョンよりも、はるかにマナが濃い。手強そうだぞ」

やっぱり、今の俺たちと宮陽さんとでは、力量に差があるのか。

「だが、」とヴァンは言った。

「今の我々なら、いけないことはないだろう」

そう言って、ふーっと息を吐くヴァン。

「そっか」俺は妙に嬉しくなった。


「じゃあ、香織さん。行ってきます！」と宮陽さんが言った。

「いってきます！」とリュイアも言う。

「おう。宮殿が立つくらい、魔法石とってこいよ」

「わかりました！」

会話が適当すぎる。

「出発！」

リュイアに手を引かれ、俺は穴の中に足を踏み入れた。

ぐにゃりと、下に引き込まれる感触。

そして何メートルかの自由落下を経て、ダンジョンの底に着地した。


「これは……？」

「もしかして」と宮陽さんがひょっこり俺の顔を覗く。

「こういったダンジョンははじめてですか？」

「ああ、うん」と俺は正直に答えた。

「こんなダンジョンもあるんだ……」

目の前に広がる景色は、これまで探索した洞窟のような場所ではなかった。

草原のように広々とし、ところどころに木々が群がっている。まるでキャンプ場にでもきたかのような、ほのぼのとした場所だった。

「これが、ダンジョン……」

上を見上げる。

「おぉ……」

青い空に、白い雲。

ダンジョンは異空間だと聞いてはいたけれど。これじゃまるで、地上にいるかのようだ。

「ふむ……」

いつも地上でダンジョンを探すときのように、ヴァンが鼻をくんくんさせていった。

「気持ちの良い場所だな。マナも十分にある」

そういうとヴァンは、体をもふっと膨らませた。地上では犬くらいの大きさだが、それが一気に象くらいの大きさになる。

今までのダンジョンで潜っていたときよりも、一回り二回り大きい。

「わー！　ヴァンさん、それが本来の姿なんですか？」

「体の大きさはわりとどうにでもなるぞ。マナさえあればな」

「へぇ……あの、触ってもいいですか？」

宮陽さん、直球だ。

「……まぁ、構わないが」

「ありがとうございます！」

ヴァンをもふもふして、「わぁ……」と心から幸せそうな宮陽さん。

その気持ち、わかります。俺も便乗して、もふもふする。

「ミトお姉ちゃん、見てて！」

「どうしたの？」

リュイアが、自分の頭からにょきっと角を生やす。

「わー！　リュイアちゃん、可愛いー！」

「えへへ。そうかなぁ？」

自分から見てと言ったのに、リュイアはほめられると、恥ずかしそうにもじもじした。

なんか……すごく和気あいあいとしている。ダンジョンの感じも相まって、ピクニックに来てるみたいだ。


魔物に襲われる危険性がほとんどないダンジョンの入口付近で、俺たちはまず、探索の打ち合わせをした。

「ミヤビはこのダンジョンを、いつも一人で探索しているんだな？」とヴァンが尋ねた。

「そうです。その……一緒に潜ってくれる方がいないので……」

宮陽さんの声のトーンが露骨に下がる。彼女がぼっち探索者であることは、以後、言及しないように気を付けたい。

「魔物は倒せるのか？」

「私が普段探索している入口周辺のエリアであれば、それほど苦労はしません」

「そうか。まずはこのダンジョンに出る魔物がどれくらいの強さなのかと……それから、互いの力がどれほどのものなのかを確認しておきたいところだな」

「わかりました。では、魔物に遭遇したら、私から戦わせてもらっていいですか？　それを見ていただければ、どちらもわかっていただけると思うので」

「そうだな。リュイアとケィタもそれでいいか？」

「うん。でも、リュイア、戦えないよ？」

「そうだな。リュイアには魔法石を集めてもらおう」

「あい！」

「じゃあ、宮陽さんに戦ってもらったあと、俺とヴァンがそれぞれ戦うって感じでいいかな」

「そうですね」と彼女は頷く。

「ミヤビよ。我々はまだこちらに来てから、それほど難しいダンジョンに潜ってはいない。そしてケィタは、まだ魔法を使い始めてから一週間も経《た》っていない。迷惑をかけるかもしれないが、よろしく頼む」

「こちらこそです。よろしくお願いします」宮陽さんはにこにこと笑い、頷いた。


足元で、しゃくしゃくとなる芝生のような草。

所々の、密集した木々。

洞窟のようなこれまでのダンジョンとは異なる、圧倒的な解放感。

すごく居心地がいい。

ここは本当にダンジョンなのだろうかと疑いたくなるような場所だ。

「ふふっ、和みますよね」と隣を歩く宮陽さんが言った。

「そう、だね」

前を歩くヴァン、その背中に座るリュイアも、心地よさそうにしている。

「私もこのダンジョン、すごく気に入っているんです。ここばかり利用させてもらってます」

「へぇ……」

俺は頷いた。

「あ、何か気になることあったら、何でも聞いてください。私にわかることでしたら何でもお答えしますので」

彼女がぐっと両手を握って、やる気に満ちた瞳でこちらを見る。

「ええと、そうだな……あ」

そこで俺は、一つ気になっていたことを思い出した。

「あの宮陽さんの服って」

「これですか？」と彼女は自分が身に纏《まと》っている衣服を指差した。

ダンジョンに入る前、彼女はごく一般的な服装をしていた。しかし今は、ダンジョン街で会ったときと同じ衣装を着ている。

思い出してみると、ダンジョン街から戻った日もそうだった。ダンジョンの入口から先に出た彼女は、このどことなくファンタジー感のある衣装から、ごく普通の私服へと戻っていた。

どういう仕組みになっているのだろう。

すると彼女は何かに気が付いたように、あわあわと否定した。

「こっ、これはあの、ダンジョンという一般の人の目につかないところで、こういったファンタジーな服装を着て楽しんでいるとか、そういうわけではなくてですね」

「あ、うん。それはもちろん」

コスプレ文化に疎い俺からしても、彼女の身に着けているそれが、華やかな見た目を楽しむことを目的としてつくられたものではなさそうだとは思った。

ファンタジーっぽさはあるし、凛《りん》とした彼女に似合っているとも思うけれど、特別な舞台衣装というよりも、日頃からその服を着慣らしているといった落ち着きのようなものが感じられた。

ダンジョン街で目にした魔族たちと同じだった。

「今さっきもだけど、ダンジョンに入る前と後ですぐに服を着替えていたから、どういう仕組みなんだろうと思って」

「あっ、そうだったんですね」

彼女は落ち着きを取り戻し、コホンと小さく咳払《せきばら》いした。

「この魔道具を使っているんです」と、彼女は前髪に留めていた髪飾りを見せてくれた。

青い猫がついている可愛らしいものだ。

「藤堂さん、魔道具というのはご存じですか？」と彼女は言った。

「えっと、魔法石をつかって動く、魔法の道具、みたいなものだよね？」

「そうです」と彼女は頷いた。

「この魔道具は、自分の魔力を込めると……」

彼女がピンを摘まむと、青い猫が輝いた。

その瞬間、彼女の衣装全体が光に包まれた。

その光が止むと、彼女の服装は地上で見たものと同じ、現代的な私服に戻っていた。

「こんな感じで、衣装を着脱することができます」

「へぇ……」

「お〜！」

ヴァンの背中に乗ったリュイアが、嬉しそうに声をあげた。

彼女が再び猫を前髪に留めて摘まむと、また先ほどのファンタジー感あふれる服装に戻っていた。

「こんな感じです。すごく便利なんですよ。この魔道具。そしてこの衣装、魔法に対する防御力アップです」

「へぇ……」

「すごいねー！」とリュイアが言った。

「リュイアちゃんは」と宮陽さんが尋ねる。

「そのお洋服、魔法で着替えているわけじゃないの？」

「ううん。他の服は、この中」

そういって彼女はポシェットの中に無造作に手を入れ、いつも寝るときに使っている服を取り出した。

「着替えるときは、自分で着替えるの」

「わっ、すごい！　そのポシェットって、収納魔法がかかってるの!?」

今度は、宮陽さんが驚いた。

「うん、ガフガフちゃんっていうの。いっぱい物を入れてくれるんだ」

リュイアが服をぎゅっ、ぎゅっと押し込むと、そのポシェットは容易《たやす》くそれを飲み込んだ。

「わぁ……」

「こういう魔道具は珍しいの？」と俺が尋ねた。

「藤堂さん、珍しいなんてものじゃないですよ！　収納魔法がかかったポシェットなんて、ダンジョン街でもほとんど出回らないんですから……！」

宮陽さんが、両手をぶんぶん振って力説した。

「そ、そうなんだ」

「リュイアちゃん。そのガフガフちゃん、すごいね……！」

「えへへ。ミトお姉ちゃんも、そのお洋服、可愛いね」

「うわー、ありがとう！」

リュイアと宮陽さん、すごく盛り上がっている。

最初に、「氷姫」と呼ばれる彼女に出会ったときはかなり冷たい人かなと思ったけれど、そんなことは全くなかった。

◆◆◆

明るい草原を話しながら歩いていると、遠足に来たかのようなほのぼのとした気持ちになる。

しかしヴァンの一声で、その場に緊張が走った。

「魔物がいるな」

「どこ？」と俺は尋ねた。

「あの木々の中だ」ヴァンが、前方の木々を示して言う。「単体だ。だが、それなりの魔力の気配があるな。どうする？」

ヴァンが目を向けると、宮陽さんの表情が凛としたものに変わった。

「行きます」と答え、前に出る。

「あのあたりにいますか？」

「ああ……くるぞ」

ヴァンが言うと、木々の間から、俺たちの前を横切るように姿を見せる。

でっぷりと腹の太った、人型の、猪《いのしし》のような顔をした魔物。

姿勢が悪く、首が下がっているが、二メートルは下らないように思えた。

その巨体は、俺たちの前を通り過ぎていくように思えたが、足をとめた。

それからこちらにゆっくりと顔を向けて――にたりと笑った。

「オークだ」とヴァンが呟いた。

「ケイタ、気を付けた方がいいかもしれん。我々がこれまで潜ってきたダンジョンの魔物とは、明らかに魔力の大きさが違う」

リュイアが、杖を振る。

【野蛮な豚の魔物じゃな。脅威度は★★★★《ほしよっつ》じゃな】

「ええ」

星が四つ……この前戦ったダンジョンボスよりも強いらしい。

「ミヤビ、難しそうであればすぐに引いてくれ。我々も戦いに加わろう」

「ありがとうございます」と彼女は静かに笑った。

そしてゆっくりと歩いてきているオークに、誰が敵であるかを示すように立ちふさがる。

魔物の前に立つと、彼女のまとう空気が一瞬にして変わった。

先ほどまでの、明るく朗らかな様子が消え。

代わりに醸されるのは、はじめて出会ったときのような——魔族たちに「氷姫」と恐れられていた、あの雰囲気だった。

グォォォォォ!!

オークが雄たけびをあげた。

それをきっかけに、オークと氷姫との一騎打ちがはじまった。

「【青氷《せいひょう》】」

彼女は声に出して言う。すると彼女の目の前に、青白く、冷たい霧のようなものが発生した。

「【猫《ねこ》】」

続けて彼女が唱えた。

冷たい霧の中から、冷気で形作られた三匹の猫が現れる。

その青白い猫は、現れた魔物——オークに向かって、走っていった。

オークはフグッと鼻を鳴らし、自信たっぷりにその猫を迎え撃った。

拳を振り回し、目の前に来た猫たちをまとめて叩き潰そうとした。

猫たちは華麗な跳躍で、その野蛮な攻撃を回避する。

そのまま、オークの腕や肩、足にそれぞれ飛び込むと、敵の体に触れた瞬間、パキッと音を立てて弾けた。

「フゴッ!?」

オークが驚きに、目を見開く。

パキパキパキ……。

猫が弾けたところから、魔物の体が、凍り始めていた。

その凍った範囲が、どんどんと広がっていく。

宮陽さんが、走り出した。

「【青氷】」

右手から、青白い冷気。

「【玉《たま》】」

それを雪玉ほどの大きさに変え、幾つもオークに飛ばした。

次々に飛ばされた冷気の玉をくらい、さらにオークの凍えた面積が増える。

頭部にヒットすると、オークは完全に為《な》す術《すべ》を失ったように見えた。

「【氷槌《ひょうつい》】」

彼女の右手に、巨大な氷のハンマーが現れる。

彼女はそれを軽々と操り、自分よりもはるかに大きな体軀を持つ魔物を思い切り叩いた。


頭部が半分凍ったオークの口から、呻き声が漏れる。

そして、その場にドスンと倒れる。

その体からどす黒い魂が抜けだすと、眩《まばゆ》い光を放って消えていった。


「ミトお姉ちゃん、かっこよかった！」

「ふふっ。ありがとう」

リュイアに笑いかけ、彼女のほっぺたをぷにぷに指でつついている宮陽さんには、魔物を前にしたときの冷たく張り詰めた雰囲気はどこにもなかった。

宮陽さんは、彼女が扱う魔法のことについて話してくれた。

彼女の属性魔法は【青氷】。

青い冷気を操り、凍らせることで相手の機動力を奪うという戦闘スタイルだった。

「素晴らしい。なかなか相手になる魔物がいないだろう」とヴァンが称《たた》えると、

「そんなことないですよ」と彼女はぶんぶんと手を振った。

「自分よりも魔力が大きい相手だと、なかなか凍らせることができませんし」

「ふむ、そうか」

「ええ」と彼女は頷いた。

「相手を凍らせられないと、かなり苦労しますね。氷を盾にできるので、防御はわりとどうとでもなるんですが、攻撃の威力があまり高くないんです。ですから、確実にダメージを入れようと思ったら、ああいった大振りな武器を取り出すしかなくて。どうしても攻撃の隙が生まれてしまうので、完全に相手の動きを封じないと、正直、踏み込めないですね」

敵なしに見える氷属性の魔法だが、それでも欠点はあるようだ。

「なるほど」とヴァンは興味深げに目を細めた。

三人で話し込んでいると、リュイアが、

「この魔物さん、どうしますかー？」と、オークの残骸を指差した。

オークだったものは、すでに魂が抜け、もぬけの殻だ。

しかしそこには、はっきりと体が残されていた。

宮陽さんの魔法によって、所々が凍り付いている。

「あ、そうだ。魔法石を回収しないとだね」

宮陽さんは手に、【氷刀《ひょうとう》】をつくりだした。

するとリュイアが、「魔法石、もう回収してもいいの？　じゃあ、リュイアがする！」と張り切って言った。

「え、でも……」

リュイアは魔物の方をくるりと振り返って、ぶつぶつと呪文を唱え始める。

「リュイアちゃん、まさか、魔法で……!?」

氷の短刀を持ったまま、宮陽さんが呟く。

その直後、オークの体が光り、そこから五、六キロはありそうなお肉の塊が浮かび上がった。

リュイアは慣れた様子で、モンスターポシェットから、若草色の『保存の包み紙』なるアイテムを取り出して広げると、お肉の塊を無事そこに着地させた。

「リュイアちゃん、お肉まで……すごい！！！」

宮陽さんから拍手を受けたリュイアが、得意気な様子で胸を張る。

「あっ、でも、そのお肉ちょっと大きいから、持ち運ぶの大変かも……」

するとリュイアは、若草色の紙で、大きな肉を慎重に包む。

そして得意げに、モンスターポシェットの中にしまいこんだ。

「そっか、そのガフガフちゃん……」

「これで大丈夫！」

「わー、すごーい!!」

宮陽さんに抱きしめられると、リュイアはくすぐったそうに笑った。


無事、魔物の肉も回収できたので、探索を再開する。

木々が密集しているところを迂回しながら、俺たちは草原を歩いた。

「森の中は視界も悪いですし、魔物に囲まれる可能性があるので」と宮陽さんは教えてくれた。

リュイアを背中に乗せたヴァンが先頭で、魔物の気配に気を配っている。

今までの洞窟型のダンジョンと違って、敵が前方以外から現れる可能性がある。

俺も周囲で何か怪しい動きがないか、目を配っていた。


岩がごつごつと並んでいる場所が近づいてきたとき、ヴァンが足を止めた。

「リュイア」

ヴァンは地面にふせる。

「ケイタのところへ」

「わかったっ」

リュイアが、もふもふの背中から器用に降りる。そして、俺のところへ走ってきた。

ヴァンは、じっと岩場のあたりを見つめた後、彼の属性魔法である【紫炎】を発動した。

ボフッと紫色の火球が、前方の岩場へと飛んでいく。

そして、並んだ岩のうちの一つにあたった。

その岩にあたると、火球は弾け、消えてしまう。

「……？」

一拍、間をおいて、ヴァンが何をしたかったのかがわかった。

岩だと思っていたものが、立ち上がる。

幾つかある岩場に紛れていたのは、岩でできた人型の魔物だった。

【岩の魔物じゃな。脅威度は★★★★《ほしよっつ》じゃ！】

「あのゴーレムとは、私が戦おう」とヴァンが言った。

「皆、ここで待っていてくれ」

「了解です」

「わかりました！」

ヴァンが岩場に近づき、俺たちから離れる。

そうして起き上がったゴーレム相手に、再び、火球を放った。

ボフッ。

紫の火はゴーレムを包むが、すぐに消えてしまう。

三度、四度と、ヴァンは攻撃の手を緩めない。

だがゴーレムもやられっぱなしではなく、動きを見せる。

地面の岩の一つに手をかけたかと思うと、それを引っこ抜き、ヴァンに向かって放った。

ヴァンは軽やかにそれを躱し、カウンターに火球をお見舞いする。

ゴーレムの方は、火を食らってもお構いなしだ。

別の岩をひっこぬき、それを抱えたままヴァンに近づく。

ヴァンは火を吹いたあと、ゴーレムと距離をとりつつ、回るように動いた。

耐えかねて、ゴーレムが放ってきた岩を、まるで牛と対峙《たいじ》している闘牛士のようにひらりと躱す。

火を吹き、距離をとり、ゴーレムに反撃の隙を与えない。

俺に魔力の大部分を与えてしまったせいで、本来の魔法の威力を、まだ取り戻せていないというヴァン。

それでもゴーレムとの素早さの差を活かし、着実にダメージを重ねる粘り強い戦い方で、終始、安心してみていられる戦いを繰り広げた。

何発目かの火球がヒットすると、ゴーレムはその場に片腕をついた。

それを見てヴァンが距離を詰め、畳みかける。

【紫炎】を球の形ではなく、火炎放射器のように吹き続けると、それを食らったゴーレムは、しばらく耐えていたものの、最終的には地面に崩れ落ちた。

ゴーレムの体から、汚れた魂が抜け出る。

「回収〜！」とリュイアが声をあげ、いち早く倒れた魔物のところへ向かっていった。

魔法によって取り出された岩の塊のようなものをポシェットの中におさめる。

「回収、完了です！」

リュイアが両手をあげて、自身の役割を果たしたことをアピールする。

ゴーレムの体は、魔道具の材料になるという。

このダンジョンは、どうやら魔物からとれる素材の宝庫らしかった。


宮陽さんは一人で探索を行っているとのことだったから、「今までどうしていたの？」と尋ねると、魔法石以外は剝ぎ取ることさえ一苦労で、ほとんど持ち帰れなかったという。

「なのでリュイアちゃん、尊敬です……！」と宮陽さんが熱のある口調で語った。


ゴーレムを倒したあと、ヴァンの体がやや縮んでいることに気付き、俺は「大丈夫？」と尋ねた。

「ふむ。かなり手こずったからな。魔力を消費してしまった」

「少し休もうか」と俺は提案した。

魔物とはまだ二体しか戦っていないが、魔物の気配を察知するという役割も兼ねており、ヴァンの疲労は早めにケアしてあげたい。

「すまない」

「ううん」

「休むのは大事ですから」と宮陽さん。

「リュイアも、お腹すいたー！」とリュイアが声をあげた。

ヴァンが、ほっとしたように笑った。

手頃な岩に腰かけ、俺たちは休憩をいれる。

「じゃーん！」

リュイアは、持ってきた弁当箱をあけた。

「わーすごい！　これ、藤堂さんが作ったんですか？」

「いや、大したものは用意してないよ」

おにぎりやたまご焼きは自分で作ったけれど、タコさんウインナーは切って茹《ゆ》でるだけだし、ミートボールやグラタンは冷凍のものだ。

リュイアが、「はい、ヴァン、どうぞ」とおにぎりをヴァンの口に放り込む。

「ふむ、かたじへはい」

ヴァンがもごもごと答える。

「はい、ケイタ、どうぞ」

「ありがとう」

俺もリュイアからおにぎりを受け取った。

「はい、ミトお姉ちゃん、どうぞ」

「あっ」と宮陽さんが俺の方を見る。

「私ももらってもいいんですか？」

「宮陽さん、よかったらこっちのパン食べる？」

俺は弁当と同じく持ってきた、市販の焼きそばパンを彼女に差し出した。

「えっと……？」と彼女が首をかしげる。

「一応ラップ使ったけど、他人が握ったおにぎりはちょっとあれでしょ」

「ああ！」

宮陽さんが、ぽんと手を打った。

「私、そういうの全然気にならないですよ」と朗らかに笑う。

「じゃあ、おにぎりの方、頂きますね」

「ああ、うん」

気を遣わせたら申し訳ないなと思ったけど、そうは見えなかったので大丈夫そうだ。

「リュイアちゃん、ありがとう」とおにぎりを受け取る。

「みんなで食べると美味しいの」

「ふふっ、そうだね」

宮陽さんが、リュイアのほっぺをぷにぷにとつついた。

「うんっ！　じゃあ、食べる前にね、みんなで『いただきます』したいな。あっ、ヴァンもう食べてる！」

「私の口に放り込んだじゃないか……」

宮陽さんがころころと笑った。

それにつられて、俺も笑った。


みんなでまったりお弁当を食べる。

「リュイアちゃんは、何が一番好きなの？」と宮陽さんに聞かれると、リュイアは「鮭おにぎり！」と即答した。

彼女の足元に寝転がっていたヴァンが、「ふっ」とこらえきれなかったように笑った。

「だってね、ミトお姉ちゃん。ケイタがつくってくれた鮭おにぎり、本当においしいでしょ？」

「ふふっ。そうだね、美味しいね」

「だからね、リュイア、決めてるの」

「なにを決めてるの？」

「リュイアが一人前の魔族になったらね、じぃじのいる世界に帰れるようになるでしょ？」

「うん」

「その時にね、魔法石とか、たっくさん持って帰るでしょ？」

「うん、そうだね」

「その時に一緒にね、鮭おにぎりも、もっとも一っとたくさん、持って帰るの！　そしたら一、じぃじも～、リュイアも～、鮭おにぎり、いっぱい食べれるからね」

宮陽さんは口をあけて笑った。

「そんなに好きなんだ」

「うん。大好きなの」とリュイアは言った。

「だからリュイアはね、絶対、一人前の魔族になるんだよ。それで、向こうの世界に帰って、じぃじにケィタの鮭おにぎり、食べさせてあげるんだ」

リュイアが、遠くを見つめるように言った。

「……そっか」

そんなリュイアを見る宮陽さんの眼差《まなざ》しは、とても温かく、優しいものだった。


「ご、ち、そう、さま、でし、たっ！」

弁当を食べ終えると、俺たちは探索を再開することにした。

「ありがとうございます、色々と頂いちゃって」と宮陽さんが言った。

「いや、なんか、すみません」

リュイアは何か食べるたびに、宮陽さんに「これ、美味しいよー」と勧めていたのだ。

「いえいえっ」と宮陽さんは首を振った。

「でも、ダンジョンで食べるお弁当って、なんかいいですね」

「食べたり、眠ったりすると、魔力が回復するって聞いたので……」

あとリュイアが、お腹が空くと露骨に元気がなくなるからというのもある。

「あはは。たしかに、そうですね」

「宮陽さんは、普段は、何も持ち込まないの？」

「そうですね。やっぱり、色々と荷物を持っていくと大変になるので……。私の場合は、魔力がなくならない程度で、早めに探索は切り上げるようにしています」

「そっか。そうなんだ」

「でもお弁当休憩、アリですね。今度から私も、何か持ってきて休憩の時間をとるようにしようかな……」

宮陽さんが、ぶつぶつと呟きながら考えている。

「楽しいから、気持ちもリフレッシュされるし……あっ、でも一人だと別に楽しくもない……」

最終的に、ぼっち探索者の苦悩にたどり着いてしまった。


「じゃあ次は……」と宮陽さんが言う。

「うん。俺が行きます」

その魔物は、木によりかかって腰を下ろしていた。

俺たちが近くを通りかかると、その魔物はゆっくりと立ち上がり、こちらの行く手を阻むようにして道の真ん中に立った。

「……ダイコン？」

大きなダイコンに、手足を生やしたような姿をしていた。

頭から生えている緑は、瑞々《みずみず》しい緑色をしている。

全体的にコミカルな見た目だが、右手に握っているものの存在が明らかに不穏だった。

黒ずんだ鉄パイプのような武器。

【野菜の魔物じゃな～。脅威度は★★★★《ほしよっつ》じゃ！】

「藤堂さん」と宮陽さんが言う。

「たぶんあの魔物、ちょっと格が違います」

「どうする？　全員で戦うか」とヴァン。

宮陽さんもヴァンも、それぞれ一対一で魔物と戦い、自分の実力をお互いに示した。

事前にそういう流れにしようと決めていたので、俺もとりあえず、自分がどんな魔法や戦い方をするのかを見せておきたい。

だが、それだけが本心ではなかった。

純粋に戦ってみたい。

宮陽さんとヴァンの戦いを見ているとわかる。このフィールドにいる魔物は、明らかにこれまでの洞窟型のダンジョンよりも数段強い。

だからこそ、どこまで自分の力が通用するのか。

一対一でそれを試したいというのが、偽らざる本心だった。

「一旦、ひとりで戦ってみてもいいかな」俺は答えた。

二人は俺の表情をたしかめて、言った。

「わかりました。援護が必要になったらすぐに言ってください」

「ケイタ。危なくなったら、無理せず引いてくれ」

「わかりました」と二人に頷く。

「リュイア、応援、頑張る！」

「ありがとう」

たしかにリュイアの応援ほど、心強いものはない。


ダッ、ダッ、ダッ……。

見ると、ダイコンが鉄パイプで地面を叩いている。

まるで、「早く来いよ」と、こちらを挑発するかのように。


【白雷】

ピシッ、ピシッ。

自分の属性魔法を発生させ、その感触をたしかめる。

うん。さっき食べた鮭おにぎりが効いているのかもしれない。

なんだか今まで以上に、魔法がうまく使えそうだ。

【雷球】

鉄パイプダイコンに向かって、まずはカミナリ球を飛ばす。

ハンドボールの球くらいの大きさ、速さで、シューッと真っ直ぐ飛んでいった。

バチッ。

ダイコンは鉄パイプで、その球を叩き割った。

本当の鉄パイプなら電流が流れるのかもしれないが、全くそんなこともなく、ノーダメージの模様。

そしてダイコンは——猛然と、こちらに向かって走り出した。

「下がっていてください！」と俺は叫ぶ。

それとほぼ同時に、「リュイア、ミヤビ、私に乗れ！」という声が聞えてきた。

ちらと振り返ると、ヴァンが二人を背に乗せて、こちらから離れていくところが見えた。

よし。

【雷禽】

俺は手から、複数の白い鳥を放つ。

ダイコンは黒い棒を振り回し、それを叩いた。

バチィ！　バチィ！

雷の鳥は、激しい音を立てて散る。

【雷剣】

【雷盾】

俺は自分の装備を固め、敵を迎え撃った。

距離が詰まると、ダイコン渾身《こんしん》の黒パイプが、頭上から降ってくる。
バチッ！
盾で防ぐ。
重っ！
たった一発で、雷の盾は弾け、形を失ってしまった。
距離をあけようとするが、黒パイプが、今度は下から迫って来る。
「ケイタ！」
両手で支えた剣で受ける。
バヂィィ！
雷剣も、一発でオシャカ。
さらに容赦なく、ダイコンが踏み込んでくる。
のわぁっっっ！
とにかく距離をあけたい一心で、無理やり地面を蹴る。
空中に舞い上がり、俺はくるんと回って着地した。
……え。
なんか当たり前のようにバク宙できてしまった。
しかもダイコンと開いた距離を見るに、なんか、結構な距離とんでない……？
と、不可解に思う間もなく、ダイコンが突っ込んでくる。

俺が求めるものに応じて、魔力が――あの少年の声が聞こえてくる。

【雷壁《らいへき》】

自分と魔物との間に、白雷が「壁」のように立ちふさがる。

猛然と向かってきていたダイコンは、突如現れた壁にそのまま突っ込んでくる。

バリバリバリッ！！！

激しい音が、耳をつんざく。

だが次の瞬間、体をガタガタと震わせながら、白いお野菜ボディが、雷の壁をぶち破ってきた。

このダイコン、脳筋すぎる……！

その瞬間、俺はまた反射的に地面を蹴った。

バク宙、バク宙、バク宙。

明らかに、通常の自分では考えられない身のこなし。

体中に、自分を突き動かす途方もないエネルギーが巡っているのを感じる。

それと同時に、次なるインスピレーションも。

【雷槍《らいそう》】

剣よりも細長い形状。先端に、腹の底から引き出した魔力をありったけ込めた。

猛然と向かってくる白き悪魔に、俺はその槍を投げつけた。

ズバァァァァン!!

轟音を響かせ、雷の槍はダイコンの中心を貫いた。

白い魔物が、片膝をつく。

先ほどまでとは明らかに違い、はっきりとした手応えがあった。

「当たった！」と背後からリュイアの声。

だが。

白い魔物はゆっくり立ち上がると、こちらをけん制するように黒パイプを構え——そして、俺に背を向けて、走り始めた。

「……え？」

俺は呆気《あっけ》にとられた。

これまでの魔物は、なりふり構わず俺たちのことを襲ってきた。

己の身を案じて、逃げるような魔物などいなかった。

そもそも、「戦うこと」だけが魔物の本能ではなかったのか。


後ろから、何かが近づいてくる気配がある。

振り向くと、ヴァンだった。

「あれ？　逃げちゃったのー？」

ヴァンにまたがったリュイアが言った。

同じく、リュイアの後ろに乗っている宮陽さんは、険しい顔で逃げたダイコンを睨んでいる。

ダイコンは俺たちから距離をあけると、ゆっくりとこちらを振り返った。

ダイコンだから、当然表情はない。

だが俺には、そいつがにやりと笑ったように見えた。

まるで、来れるもんなら、こっちまで来てみろよ――お前らの負けだ、と言っているかのように。

「ケイタ」

同じくダイコンの方に目を向けていたヴァンが、俺に視線を移して言った。

「乗ってくれ。嫌な予感がする」

「わかりました」

宮陽さんの手を借りてヴァンに乗った瞬間、地面を激しく叩くような音が聞こえてきた。

俺は音がした方を見て――ぎょっとした。

俺との戦いでボロボロになったダイコン。

その背後から、馬が駆けてくる。

いや、よく見るとそれは馬ではなかった。

猛スピードで駆けて来た下半身は馬。

そして上半身は――人、ではなく。

「ダイコン……」

「どうしてこのダンジョンのエリアボスが!?」

エリアボス？

よくわからないけど、なんかやばそうな響き。

リュイアが器用に体を捻《ひね》り、猛然と駆けて来る相手に向けておじいさんの杖を振った。

【気をつけよ、名前がつけられた魔物じゃ‼　ラパニウロス、脅威度は★★★★★★《ほしむっつ》‼】

「しっかりつかまれ！」

ヴァンが吠え、スピードをあげた。

俺は全身に魔力が駆け巡るのを感じながら、前の二人を押さえるようにして、しがみついた。

さっきまでピクニック気分で歩いていた草原を、ひりひりするようなスピードで駆け抜ける。

このスピードなら……と背後をちらと見て、ゾッとする。

距離が、徐々に縮まっている。

しかも、一体じゃない。

先頭を走るダイコン騎士に追いつかんばかりの勢いで、別のダイコン騎士が何体も並走している。

さらにその背後からも、続々と現れているのが見える。

まだ距離はある。しかしこのままでは……。

その瞬間、体が動いていた。

「藤堂さん！」

「ケイタ！」

猛スピードで走るヴァンから、飛び降りる。

地面を軽く転がったのち、そのままの勢いで立ち上がる。

そのわずかな時間の間に、エリアボスと呼ばれていた者たちが迫って来る。

さ、勝負だ。
腹の底から、魔力が湧き上がって来る。
とんでもない化け物の軍勢を前にしているはずなのに、不思議と落ち着いてる。
それは間違いなく、俺が信頼しているからだ。
自分が持つ魔力――リュイアとヴァンが授けてくれたこの力を。
【白雷】
俺の体から放たれた白い雷が、ダイコン騎士たちへと向かっていく。
そして彼らの前で、壁となり、立ちはだかった。
【雷壁】
だが半馬の化け物たちは、全く足を止めなかった。
こちらの魔法を意にも介さず、突き進んでくる。
俺は次々に魔力を引き出して、何十もの壁をつくり続けた。
バリバリバリと、空気が裂けるような音がした。
そして白い雷を引きちぎるようにして、こちらに走り続ける異形の群れ。
魔力は無尽蔵にある、好きなだけくれてやる。
そう考えたのに、足りない。
一枚一枚の壁が弱い。
このままでは、相手の魔力を削り切る前に、こちらに到達されてしまう。

雷槍で貫くか。

いや、一点集中型の戦闘のダイコンを貫けたとしても、敵は一体じゃない。

その後ろに控えている群れを、止《とど》めておくことができない。

もうあと数秒で、俺のもとまでたどり着かれるんじゃないか。

そして彼らが手に持っている、あの槍のような武器で、俺はめった刺しにされるんじゃないか。

もっと。

もっと大きなもの。

もっと大きな魔法が。

必要なんだ。


頭の中を、雷のような速さでイメージが駆け抜けていく。

あの魔力を象徴する湖が、まるで嵐に見舞われた海のように、波を立てている。

少年が不安そうな顔で、俺のことを見ている。

俺は精一杯の強がりで笑い、彼の忠告を無視して、湖の中に飛び込む。

深い底。

そこに転がっている、鎖で封じられた古い木箱。

いくらリュイアとヴァンからもらった魔力があれど、レベルが追いついていない俺には、まだ扱うことができないはずの魔法。

それを俺は、無理やりに開ける。
なぜなら今の俺には、それが必要だから。
魔法は、求める者に与えられる。
それが本当ならば、俺にはこの鎖が引きちぎれるはずだ。
その一線を超えることで、自分がどうなろうとも。
リュイアやヴァンや、宮陽さんの顔が浮かぶ。
この魔法が、今の俺には必要だ。
鎖がはじけ飛び、その箱が開く。
それらのイメージが、一瞬にして通り過ぎる。
そして眼前には、槍を振り上げるダイコンの騎士。
俺は両手を広げ、自分の全てを魔力に委ねた。
【白霺《はくひょう》】
とても静かな魔法だった。
エリアボスの大群も、迫る槍も、何も関係がない。
それらの影は消え、全てが真っ白になった。
少年が、今にも泣きそうな顔で、こちらを見て立っている。
あ、思い出した。
どこかで見た顔だと思っていたら。

父さんと母さんに連れていってもらった、夏祭りの写真だ。

少年はその写真に写っている、六歳のときの俺にそっくりだった。

◆◆◆

目を開けると、視線の先に、こげ茶色のすのこのようなものがあった。

なんだろこれ、とぼんやりしていたら、

「ケイタ！　ケイタ、起きた！！？」

リュイアだった。

それを見て俺は思う。

ああ、またしてもリュイアより早く起きられなかった。

リュイアはいつも早起きだな。本当は、俺の方が先に起きなきゃいけないのに。

そうじゃなきゃ、リュイアもヴァンも、俺が起きるまで待つことになるじゃないか……。

どたどたと音がする。

ヴァン……だけではなかった。

宮陽さん、それに木原さん。

俺は体を起こし、気が付いた。

俺が横になっていたのは、タオルケットのようなものが敷かれた床の上だ。

家ではなかった。周りを見て気が付く。そこは、木原さんのカフェだった。

俺は天井を見る。こげ茶色のすのこのような天井。

ああ、それでかと一人納得した。俺が目をあけた瞬間に見ていたのは、このちょっと変わった天井だったようだ。


「おい、ケイタ。大丈夫か？」とヴァン。

「藤堂さん、大丈夫ですか？」と宮陽さんも言う。

「えっと……」

「おい男。しっかりしろ」

ぶんぶん、肩を揺らされる。

「ちょっ、だめですよ！　香織さん！」

「こういうのはな、ショック療法が一番なんだよ」

「いや、そんな……」

「あ、すみ」

掠《かす》れてはいたが、声は出る。

「すみません。えっと、だ、大丈夫です」

「ほらな」木原さんが俺の肩から手を離した。

すると脇腹に、がっと力が加えられた。

「うっ」

肩を揺らされた次は、腹を殴られるのか――と思ったら、全然違った。

リュイアが、俺に抱きついていた。

「リュイア……？」

「ケイタ、起きないかと思った」

「……え？」

「ケイタ、もうお話できないかと思ったぁぁぁ！！！！」

魔族の少女は、獣のように号泣した。

えっと……

これは一体、どういう状況だろうか。


ひとしきり泣くと、リュイアは、俺にしがみついたまま、スイッチが切れたかのように眠ってしまった。

俺はみんなから話を聞いた。

「エリアボスの群れに襲われたと聞いたぞ」

木原さんが、聞き慣れない単語を発する。

「それは覚えているのか」

「エリアボス……」

「ダイコンと馬が混じった、怪物の群れだよ」

「ああ……」

そうだ。そう言えば、あの群れに襲われて……。

「えっ!?」

俺は思わず、みんなの顔を見た。

宮陽さん、ヴァン、そして俺にしがみついたまま眠っているリュイア。

「良かった……」

全身の力がぐっと抜けた。

「みんな無事だったんですね……いたっ」

え、と思ったら、木原さんの手が目の前にあった。

チョッ、チョップされた……。

「まったく。みんなの前に、まず自分のことだろう。随分と無茶したらしいじゃないか」

「はぁ……」

無茶するも何も、あの時はああするしかなかったし、リュイアもヴァンも宮陽さんも無事だったみたいだし、何も問題ないのでは……？

すると木原さんが、ふぅとため息をつく。

「私が言うのは余計なお世話かもしれないけど、君はもう、ダンジョンに潜らない方がいいと思うよ」

「えっ……」

なぜ急に、そんな話……？

「君がほけーっとしている間、リュイアとワン公がこっちの世界に来てからのことを、少し聞かせてもらった。君は、異世界からやってきた二人の手助けをしたいという気持ちがきっかけで、ダンジョンに潜りはじめたんだろ？」

「ええ、まぁ」

「で、リュイアが誤って君に多くの魔力を渡してしまったがために、せめて彼らに自力で生きていけるくらいの魔力が戻るまではと、引き続き一緒にダンジョンに潜って、力を貸してあげていた。合っているかい？」

「そうですね」

「大した数じゃないかもしれないけど、私はこれまで、何人かのダンジョン探索者と会ってきた。だからどういう人がダンジョンに向いていて、どういう人が向いていないか——もっとはっきりいえば、ダンジョンに潜ることで幸せになった人と、そうでなかった人の違いが、なんとなくわかったんだ」

「どう違うんですか？」

「自分のためにダンジョンに潜っているか、他人のためにダンジョンに潜っているかだよ」

へぇ……どういう意味だろう。

「自分のために潜るなら、よし。何が起きても自己責任だしね。でも他人のために潜る人は」

木原さんは、俺を見た。

「特に君みたいな、自分を犠牲にしちゃう人はだめなんだよ。最悪の場合——よくないことが起こるかもしれない」

よくないこと。死、ってことかな。

「私はね、基本的にみんな好きにすればいいと思う。ダンジョンは最高にクレイジーな場所で、魔法やら魔物やら、普通の人生じゃ味わえない刺激的な経験がいくらでもできる。だからダンジョンに入りたいって人がいれば、入ればいいんじゃない？　って思うし、私のつくった魔道具も、どうぞ買ってくださいって、押し売りする」

押し売りなんだ……。

「でも、他人のためにダンジョンに潜ろうとする奴は、だめ。さすがに、他の世界から来た魔族のことは、私も知らないよ。でも私たち人間の場合は、そのパターンだときっと後悔することになる。だから止める。うちのカフェも出禁。魔道具なんて、指輪一つ売ってやらない」

木原さんも、隣に座る宮陽さんも、真剣な顔をしていた。

「君はこれから、普通の人生を送ってもいいんじゃないかな」

「普通の人生、ですか？」

「ああ」

木原さんの表情が、ふっと緩んだ。

「多様性が叫ばれるこのご時世に、『普通の人生』なんて言葉、時代錯誤なのかもしれないけど。

まぁ、あえてものすごくベタに言うなら、働いて、お金を稼いで、結婚して、子供を育てて。そういう人生だな。あるいは別に、独身でも構わないし、もっと言えば、仕事をせずに、誰かに頼って生きていくのでもいい。まぁ要するに、一般的な人間として、社会の中で生きていくっていうことだ。ダンジョンに比べれば刺激は少ないかもしれないが、そういう人生の中にだって、もちろん幸せなことはたくさんあるだろ？　君はそれを犠牲にしてまで、これ以上、リュイアやワン公のためにダンジョンに潜る必要はないんじゃないのか？」

俺はヴァンのことを見る。

ヴァンは木原さんに、どんな話をしたのだろう。

俺と目が合うと、ヴァンは穏やかな目で俺のことを見つめ返した。

「ケィタ」とヴァンは言った。

「今まで面倒をかけてすまなかったな。私とリュイアのことを考えて、ケィタが地上での生活を犠牲にしてくれていることはわかっていた。だが、どうしても言い出せなかった。ケィタの優しさに、リュイアも――そして私も、心底甘えていた」

「ヴァン……」

ヴァンは晴れ晴れとした表情で言った。

「だが、安心してくれ。ここ何日かで、この世界のことはよくわかった。先ほど潜ったダンジョンでこそ苦戦したが、この周辺には、私たち二人の力でも十分にやれるダンジョンの気配が沢山ある。それにダンジョン街の位置も把握できた。私は今、自信を持って言うことができる。私たちはもう、ケイタの助力なくして生きていける。だからケイタも、私たちに遠慮せず、地上の生活を優先してくれ」

「……」

「ケイタ？　どうした、ケイタ」

「あ……」

目頭が熱い。

こらえようとすると、むしろ次々にあふれ出してきた。

「違う、違うんだ」

俺は自分の袖で拭った。

だいの大人が、何泣いているんだという恥ずかしさはあった。

でもそれ以上に、何とか伝えなくちゃ――俺が本当に思っていることを、目の前の心優しき魔族に伝えなければと思った。

「最初はたしかに、そう思ってたんだ。自分とは関係のないことに巻き込まれないようにしないとって。それからリュイアやヴァンの話を聞いて、困っているようだったから力になりたいとは思ったけど、それでもゆくゆくは、俺の助けなんて必要とせず、自分たちの力だけで生きていってもらいたいと思ってたんだ。でも、違う。今は全然、違うんだよ」

ヴァンの顔が、にじんで見える。

自分の湿った声、こもった声が、まるで別の人の声みたいに聞こえる。

「救ってもらったのは、俺の方だったんだ。俺は自分が生きてきた社会で普通の人生を送ろうとしたけど、普通の幸せを手に入れようとしたけど、ことごとくそれがうまくいかなかった。そんなときに、リュイアとヴァンが俺に声をかけてきたんだ。俺は『可哀想だから』という理由で手伝っているつもりだったけど、もちろんその気持ちもなくはなかったけど、本当はたぶん、自分の問題から——自分の人生から目を逸《そ》らそうとしていたんだ。二人を家にあげて、ご飯をつくったり、付きっ切りでダンジョンに潜ったり、そうやってわざわざ世話を焼いて、自分のことに手が回らないようにしてたんだ。だから面倒をかけてすまなかったなんて、思わないで欲しい。自分たちに遠慮せずに生きてくれなんて、言わないで欲しい。俺が今、地上の生活でうまくやらなきゃと思うのは——社会で生きていくためのお金が必要だと思っていたのは、これからもリュイアとヴァンとともに、こんな毎日を送っていたいと思ったからなんだ。一緒にダンジョンに潜って、ヴァンと協力して魔物を倒したり、リュイアと鮭おにぎりを食べたりして、それから同じ家に帰って、ああ今日も楽しかったな、明日はどんなことが起こるだろうなって、三人で話したり、笑ったり、そういうことを、これからもしていたかったからなんだ」

「ケイタ……」

俺は木原さんの方に目を向けた。

「俺、誰かのために自分を犠牲にして、ダンジョンに潜ってるわけじゃないです。きっかけはそうじゃなかったかもしれないですけど今は本当に楽しいんです。リュイアやヴァンがくれた魔力で、どんどん新しい魔法が使えるし、まだまだダンジョンで、色々な経験がしてみたい。それに何より」

俺の腕の中で眠る、リュイア。

「一緒にいたいんです、彼らと。そういうのは、自分のためって言えませんか？」

木原さんはじっと俺を見た。

「じゃあ、一つだけ約束してくれ」

「なんですか？」

「今回みたいな、自分を投げ出すような無茶な魔法は使わないこと。それをここにいるみんなに対して約束してくれるなら、私はもう何も口を出さないよ」

俺はヴァンを、宮陽さんを、そして眠っているリュイアを見た。

「わかりました。約束します」

俺の言葉を聞いて、宮陽さんがにこりと笑った。

木原さんも、「ふっ」と鼻で笑った。

◆◆◆

「やれやれ。お騒がせな奴らだったな」

うちのカフェを出て家に帰る三人――藤堂、ワン公、リュイアの背中を見ながら、私は言った。

隣を見ると、美都がきらきらした瞳で、彼らの背中を見ている。相変わらず、面の良い女だな。

「ん、どうした。美都」

「なんか、いいなぁと思って」

「何が」

「あの三人の関係。いいなぁって」

そういうことか。

「美都は友達いないもんな」

「い、いますよ、友達は！　ただ、大学で知り合った人には、ダンジョンのこと話せないから……」

とかいって、大学にもそんなに知り合いはいそうにないけどな。

周りからは「高嶺《たかね》の花」扱いされて、あまり話しかけてもらえなさそうだし。

「ふーん。それで、あの三人が羨ましいのか」

「あんな風に、家族みたいに仲良くできて、ダンジョンのことを話せる人がいたらいいなって思ったんです」

「じゃあ、藤堂と結婚したらいいじゃないか」

「な」美都がごほごほと咳《せ》き込む。

「何言ってるんですか！」

おいおい嘘だろ、この反応。

「まさか……あの男のこと、意識しているのか？」

「違います」

いーや、違わないね！

「あんな冴《さ》えないやつのどこがいいんだよ」

「冴えないって、そんなこと……！」

美都がごまかすように、こほんと咳払いする。

「人として、ですけどね。私は素敵な人だと思います、藤堂さんのこと」

「素敵ねぇ……あんなにぼろぼろ泣いていたのに？」

「素敵だと思います。誰かのこと、あんなにも大切に思えるなんて」

年上の男が、やけに格好よく見えてしまう年頃なのか？

「だから好きなのか？」

「人としてです。尊敬します、藤堂さんのこと」

「ふっ」

「……なんですか？」

こいつは面白くなってきた。

「じゃあ、藤堂のこと、下の名前で呼べば」

「……へ？」

美都が目を丸くする。

「恋愛感情はないんだろ？　だったら別に恥ずかしいことじゃないだろ」

「いやっ、え、なんで急に下の名前の話が出てくるんですか？」

「最初から気になってたんだよ。あいつも年上の癖に、美都のことさん付けで呼ぶし、美都も美都で『藤堂さん』って呼ぶじゃないか。よそよそしすぎて、逆に変なんだよ。新婚さんかよ」

「そ、そんなことないでしょ。お互いに苗字《みょうじ》にさんをつけて呼びあうのなんて、普通だと思いますけど」

「でも別に、意識してはないんだろ？」

「はい」

「で、ダンジョンのことを気軽に話せる友人が欲しいんだろ？」

「まぁ……はい」

「だったら、もっと砕けた呼び方でいいじゃないか。そうだな、敬語もやめたらいい。そうやって他人行儀な接し方をしてたら、いつまでたっても他人のままだぞ」

恋愛関係も、まずは友人からだからな。

「そ、そうですかね……」

「まぁ、美都がどうしてもあいつのことを意識して仕方ないっていうんなら、無理には勧めないけど」

「別に、意識してるわけじゃありません」

「じゃあ、できるな。良かったじゃないか。これでダンジョンのことも話せて、親しくできる友人が一人増えるわけだから」

「……なんか、私のこと、うまくのせようとしてません？」

もちろん。

「いや？　そんなことして、私に何の得があるんだよ」

人の恋愛を傍《はた》から見ているほど、面白いものはないからな。

「それは、そうですけど……んー、でも、いきなり馴《な》れ馴《な》れしくするの、失礼じゃないですかね……？」

「大丈夫だよ」

何やったって、あんたは可愛いんだから。

「あの男がそんなことで怒るほど、器の小さい人間に見えるか？」

「いえ、それはないと思います」

即答かよ。

「じゃ、決まりだな。まあ私の方からも、うまいこと言っておくよ」

「はぁ……」

「じゃ、またな」

「あ、お店の片付けとか手伝いますよ」

「いやいや、いいよ。早く帰りな」

「……ほんとにいいんですか」

「ああ」

まったく、あんな男には勿体無《もったいな》いほどのいい女なんだが。

まぁたしかに。別にあの男も、悪い奴ってわけじゃなさそうだからな。

ここは可愛い美都のため、私が一肌脱ぐしかあるまい。

「じゃあ、お先に失礼します」

美都がぺこりと頭を下げて、帰っていった。

「ふっ」

面白くなりそうだ。

エピローグ　これから

木原さんのカフェにある、ダンジョンの穴の前。


「香織さん、行ってきます」

「行ってきます！」

「おう。今日も素材、どっさり持って帰ってこいよ」

みんなで木原さんに挨拶して、暗い穴に飛び込む。

穴の中に入ると、草木にあふれる、のどかな風景が広がる。

今日で四度目の、木原さんカフェダンジョン。

このダンジョンに入らない日は、他のダンジョンへ行っているけれど。

やっぱりこのダンジョンが、一番落ち着くなぁ……。

そう思いながら、俺はダンジョンの探索を開始する。


「私、群れの方やります！」

「わかった。ヴァン、彼女の援護を頼んでいいかな。トカゲの方は、俺がやるよ」

「一人で平気か？」

「ああ。群れの方を頼む」

「わかった。では私とミヤビとで、群れを迎え撃とう。リュイア、私から落ちるなよ」

「あいー！」


緑色の皮膚のオオトカゲに出会ったと思ったら、背後から、ゴブリンの群れが押し寄せてきた。

このダンジョンではこれまでにも何度かあったことなので、特に驚きはない。

群れとは言っても、一体一体は力のないゴブリンだ。

あの日遭遇した、エリアボスとは雲泥の差だ。


あの日、俺たちが遭遇したのは、本来ならば、このダンジョンの中でももっと奥深くのフィールドに縄張りを持ち、基本的にはそこから出てくることのない存在らしい。

それがなぜ、俺たちが探索していた、危険な魔物の少ない入口付近の場所まで現れたのか。

原因は大変申し訳ないことに……俺にあったとのこと。

エリアボスが現れる前、俺は黒パイプらしきものを持ったダイコンと戦った。

それまでに出会ってきた魔物よりもはるかに格上の相手で、俺は戦闘の中で、身体能力がぐんとあがったり、今まで以上に自在に魔法が操れる感じなど、魔力とのより強いつながりを感じた。

だが魔力を今まで以上に解放した結果、俺はその魔力の気配を、周囲にまき散らしてしまったらしい。

俺自身のレベルこそ大したことはないものの、生粋の魔族であるリュイアとヴァンから与えられた魔力の大きさには、途方もないものがある。

そのため、並々ならぬ魔力を感じ取った縄張り意識の強いエリアボスの群れが、わざわざ縄張りの外であるダンジョン入口付近まで現れるという、かなり珍しいことが起こったそうだ。


「クェー！」

オオトカゲは俺を見るなり、緑色の火の球を吐いてきた。

俺は、自分の属性魔法を放った。

【雷球】

俺の右手の人差し指に嵌められた指輪が、青く光る。

俺が放ったカミナリ球は、オオトカゲの緑色の火球を難なく相殺することができた。

【雷球】

もう一発放ったカミナリ球で、オオトカゲを怯ませる。

【雷槍】

そして槍を出現させ、それを思い切り、オオトカゲに投げつける。

「グッ……」

オオトカゲが呻き声をあげる。
魔物の体から、黒い魂が抜け出て、それが光となって消えた。

エリアボスが現れるような深い場所に立ち入るようなことをしなければ、このダンジョンの魔物に命の危険を感じるような相手はいない。

俺の指にはまっている青い指輪は、木原さんから購入した魔道具で、自分の魔力の気配を隠すためのものだ。

これさえつけておけば、大きな魔力を使ったからといって、エリアボスがすっ飛んでくるような状況にはまず陥らないという。

それでも「無茶はしない」とみんなに約束したので、あの日以来、俺は無茶な戦い方はしないようにと心がけている。

魔法を繰り返し使ったり、魔物を倒すことによって、俺自身のレベルが上がっていけば、自然とそのレベルに見合った魔法が使えるようになる。

せっかくなので二人からもらった莫大な魔力を活かして、使える魔法は積極的に使い、経験値をためることでレベルをあげていこうと思っていた。

そうすれば、またあのような危険な状況に陥ったとしても、今度は自分が本来使える魔法の範囲内で、敵を倒すことができるようになるだろう。

ちなみに、買わせてもらった指輪は二万五千円とそこそこのお値段がしたが、全く躊躇する必要はなかった。

このダンジョンから持ち帰った魔法石や、魔物の素材などを買い取ってもらった額を考えると、十分にお釣りのくるものだったからである。

生活費に関しても、当面は心配する必要がなくなってしまった。


「ケイタ、こっちは終わったよー!!」

二人を乗せたヴァンが、こちらに走り寄ってくる。

「終わった？」

「ああ」隣にやってきたヴァンが答えた。

「ごめんね、大変な方任せちゃって」

「いや」とヴァンは首を振った。

「お疲れ様です、け、圭太さん」

「お疲れ様、美都」

「……はい」と彼女ははにかむ。

まだこの呼び方には、互いに慣れない。

木原さんに注意され、改めた呼び方だった。

ダンジョンの中ではとにかく信頼関係が大事で、だからこそ、いつまでも打ち解けず、「苗字」

に「さん」付けで呼び合ってはだめだと。

俺は、「呼び方ひとつでそんなに信頼関係が変わるかな……?」と半信半疑だったが、美都がいないときに、木原さんから本当のことを聞かされて納得した。

「単刀直入に言うとな、美都は友達が少ないんだ」と木原さんは言う。

「本人は気にしてない感じだけど、内心ではめっちゃ気にしてる」

そういえば、と俺は思った。たしかに彼女には、そんなふうに見受けられる瞬間が何度かあった。

話してみるととても明るい子だし、友達が少ないようには決して思えない。

だがぱっと見では、ちょっとクールめに見られがちな容姿なのかも、とも思った。

俺たちが最初に「氷姫」として出会った印象もあるとは思うけれど、それを差し引いて考えたとしても、彼女の凜とした容姿から、リアルでも近寄りがたいと感じる人は案外少なくないのかもしれない。

「な。そういうわけだから、彼女は信頼できる友人関係——特に、ダンジョンのことも話すことができる仲間という存在に飢えているんだ」

「なるほど」

俺も友人が多い方じゃないから、その気持ちはよくわかる。

「というわけで、まずは形だけでもいいから、打ち解けた感じで話してやってくれ。敬語は使わずに、美都にも、『敬語は使わなくていいよ』と藤堂の方からも言ってやってくれ」

「わかりました」

「そして、苗字じゃなくて名前だ！　あと、『さん』『ちゃん』もつけなくていい」

「それは……さすがに馴れ馴れしくないですか？」

「いや、それくらいしないと、美都は遠慮しいなんだ。彼女の背中を押すつもりで、藤堂の方から砕けた態度で接してやってくれ」

「わかりました」

「じゃあ、美都って言ってみろ」

「……ここでですか？」

「ああ、もちろんだ」

「……美都」

「ふっ」

なんで笑われたんだ。

「よし、それでいこう」

こうして俺たちは、互いの呼び方を改めることになった。


「ゴブリンの方は大丈夫だった？」

「はい。あ、うん」と彼女は笑った。「数はそれなり……だけど、一体一体は大したことない、から」

「そっか」と俺は頷いた。

「ヴァン、周りに目立った気配はある？」

ヴァンはくんくんと鼻を利かせ、「いや、ないな」と教えてくれた。

「そっか。じゃあここら辺で昼休憩にしたいと思うんだけど……」

「賛成、賛成！」とリュイアがもろ手をあげる。

「リュイア、お腹空いちゃった」

その様子を見て、美都がクスクスと笑った。

「そうだね。じゃあ、食べよっか」

「ああ」とヴァンも頷く。


「じゃーん！」

リュイアが、愛用のガフガフちゃんポシェットから、布製のピクニックシートを取り出して広げる。

草原の上に広げると、俺たちは腰かけ、持参した弁当を開いた。

「何から食べる？　リュイア」

俺が尋ねると、リュイアは満面の笑みで言った。

「鮭おにぎり！」

あとがき

あなたの好きな食べ物はなんですか。
僕は、自分が食べられるものはだいたい好きです。
あなたは、普段、どんな音楽を聴きますか。
僕は、自分が歌っていて楽しい曲を聴くのが好きです。
あなたはどの季節が好きですか。
僕は、季節が変わる時期に、「あぁ、変わっていってるなぁ」と感じるのが好きです。
あなたには、好きな小説がありますか。
僕はこの小説が、あなたの好きな小説になったら嬉しいなぁ、と思っています。

はじめまして。

この小説を書いたＳａｉｄａです。

あとがきを読んでくださっているということは、おそらくこの小説を読んでくださったということだと思います。

もしそうであったなら、最後まで読んでくださり、本当にありがとうございました。

もしかして、小説は読んでいないけれど、この文章を読んでくださっているという方もいらっしゃいますか……？（笑）

もしそうであったなら、どんなご事情でこの文章を読まれているんだろうと気になります。

でも、興味を持って手にとってくださったことには変わりないのかな、とも思います。

本当にありがとうございます。


好きな食べ物や、普段聴いている音楽。

どんな季節が好きで、どんな小説を好ましく思っているのか。

この文章を読まれている方、一人一人に聞いて回ったら、それぞれ違う答えが返ってくるんだろうなぁと思います。

質問の答えが、多少、被ったり、似通ったりすることはあるかもしれないけれど。

僕も含めて、それぞれの人の心で体験される日々は、一見、似たようなところがありながらも、驚くほどに違うものとして感じられているのではないかと、そんな風に考えています。

あなたの心には、今、この物語が、どんなものとして広がっているでしょうか。

僕はみみっちい人間だから、ＳＮＳやレビューサイトなどの見える場所では、「できれば良い評価をもらいたい!!」と考えてしまうことがあります。

でも立ち止まって考えてみると、この小説を書いた僕と、読んでくださったあなたとでは、好みに、普段触れているものに、生きている日々に、たぶん、数え切れないほどの隔たりがあるんですよね。

そういうことを考えていると、「自分の小説がどんな風に評価されたか？」なんてことがどうでもよくなるくらいに、なんかこう、こみ上げてくるものがあるといいますか……

あぁ、なんか……なんかすごく嬉しい……幸せだ……!!　という気持ちに襲われます。

冷静に考えると、パソコンでカタカタあとがきを書きながら一人で高ぶっている感じなので、完全に変な人なんですが……（笑）

改めて、とてもかけがえのない機会をいただけたのだと感じています。

この小説を書かせていただいたこと。

本という形で、この世に送り出していただけたこと。

貴重な体験を与えてくださった全ての方に、感謝を伝えたいです。

そして、この小説に興味を持ってくださった、あなたにも。

本当にありがとうございました。

電撃の新文芸

異世界《いせかい》から来《き》た魔族《まぞく》、拾《ひろ》いました。

うっかりもらった莫大《ばくだい》な魔力《まりょく》で、ダンジョンのある暮《く》らしを満喫《まんきつ》します。

著者／Saida《サイダ》

イラスト／KeG《ケージ》

2023年12月17日　初版発行

発行者／山下直久
発行／株式会社ＫＡＤＯＫＡＷＡ
〒102-8177　東京都千代田区富士見2-13-3
0570-002-301（ナビダイヤル）
印刷／図書印刷株式会社
製本／図書印刷株式会社

【初出】……

本書は、2022年から2023年にカクヨムで実施された「第8回カクヨムWeb小説コンテスト」現代ファンタジー部門で《大賞》を受賞した『庭にダンジョンができたと思ったら、魔物はいないし、資源も0でした。※ただし経験値だけはガンガンに貯まる希少ダンジョンらしいので、ちょっくらレベル上げして、よそのダンジョンを漁りにいきます。』を加筆・修正したものです。

ISBN978-4-04-915369-9　C0093　Printed in Japan

●お問い合わせ
https://www.kadokawa.co.jp/（「お問い合わせ」へお進みください）
※内容によっては、お答えできない場合があります。
※サポートは日本国内のみとさせていただきます。
※Japanese text only

ファンレターあて先

〒102-8177
東京都千代田区富士見2-13-3
電撃の新文芸編集部

「Saida先生」係
「KeG先生」係